treffpunkt tatort + + treffpunkt tatort + + treffpunkt tatort + + treffpunkt tatort

Klaus-Peter Wolf

+ + + treffpunkt tatort + + +

der einzelgänger

arsEdition

treffpunkt tatort + + + treffpunkt tatort + + + treffpunkt tatort + + + treffpunkt tatort

Bibliografische Information Der Deutschen Bibliothek

Die Deutsche Bibliothek verzeichnet diese Publikation in der Deutschen Nationalbibliografie;
detaillierte bibliografische Daten sind im Internet über http://dnb.ddb.de abrufbar.

Dies ist ein Roman. Er spielt in Köln. In meinem Köln. Einige Orte, wie z.B. die Hans-Bödecker-Schule, habe ich erfunden. Andere Orte wiederum sind real. Ich war dort einkaufen, habe dort Eis gegessen und sie aus meiner Erinnerung wiedergegeben. Die handelnden Figuren dagegen entstammen alle meiner Fantasie. Ähnlichkeiten mit lebenden Personen wären rein zufällig und sind nicht beabsichtigt.

Klaus-Peter Wolf

5 4 3 2 1 10 09 08 07

Text: Klaus-Peter Wolf
Coverillustration: Ingrid Bräuer
ISBN 978-3-7607-2444-7

www.arsedition.de

+ + + kapitel 001 + + +

Jan Silber wusste sofort, dass die Sache böse ausgehen würde. Es war ein heißes Gefühl, das sich vom Magen aus im ganzen Körper ausbreitete. Er reckte sich, um besser sehen zu können. Am liebsten wäre er auf den Stuhl gestiegen, aber das traute er sich nicht. Nein, er hatte keine Angst vor seinem Lehrer. Als Kleinster in der Klasse hatte er früh gelernt, sich durchzusetzen. Er konnte lauter brüllen als alle anderen. Scheinbar furchtlos trat er gegen größere Schüler und Lehrer auf. Das brachte ihm Respekt ein. Aber jetzt hatte er Angst, alles falsch zu machen. Er fühlte sich wie gelähmt. Ihm war, als könnte eine rasche Bewegung in der Klasse die Katastrophe auslösen.

Da kletterte jemand auf dem Schuldach herum. Jan konnte nicht erkennen, wer es war. Es regnete zu heftig. Windböen peitschten die Tropfen gegen die Fensterscheibe. Aber Jan glaubte, einen Jugendlichen mit rotem Pullover zu erkennen.

Unwillkürlich fuhr Jan sich durch die krausen Haare und sah sich nach Kai um. Kai Lichte. Der stille Schüler aus der letzten Reihe. Er trug immer einen roten Pullover. Entweder hatte er ganz viele davon oder er zog jeden Tag denselben an. Kai saß nicht auf seinem Platz. Jan überlegte, ob er Kai heute überhaupt schon gesehen hatte.

Jan wollte etwas sagen. Er zeigte zum Fenster. Aber Herr Hügelschäfer deutete Jans Geste falsch. Er glaubte, Jan würde sich melden. Herr Hügelschäfer freute sich immer, wenn Schüler sich am Unterricht beteiligten. Er nickte Jan zu.

»Ja bitte, Jan, hast du eine Frage?«

»Da ... da!«, rief Jan.

Herr Hügelschäfer sah zum Fenster. »Ja. Es regnet. Was ist denn daran so besonders?«

Jan beschloss zu handeln. Er rannte zum Fenster und riss es auf. Der Wind fauchte ins Klassenzimmer wie der Atem eines wütenden Drachen. Papier flatterte von den Tischen hoch. Lina Grüns Kartenhaus, das sie in aller Ruhe unter der Bank gebaut hatte, fiel zusammen.

Trotz des Regens lehnte Jan sich aus dem Fenster. Jetzt erkannte er Kai. Was machte der da auf dem Dach bei der Uhr?

Kai rutschte auf den glatten Dachpfannen aus. Fast wäre er vom Dach gestürzt.

Nun reckte auch Herr Hügelschäfer seinen Kopf nach draußen in den Regen. Aber die Gläser seiner Brille wurden sofort nass, und ohne sie war er blind wie ein Maulwurf. Natürlich hatte er inzwischen kapiert, dass Jan nicht einfach drankommen wollte. Aber Herr Hügelschäfer konnte auf dem Dach da oben nicht mal die Schuluhr erkennen. Ja, da war irgendetwas Rotes. Mehr sah er nicht. Am liebsten hätte Herr Hügelschäfer einfach weiterunterrichtet. Aber die Aufregung in der Klasse war zu groß.

Doro Mayer stürmte zuerst zu den Fenstern. Dann alle anderen. Zuletzt Lina. Sie sammelte erst all ihre Karten auf. Doros Haare waren feuerrot. Damit sie so blieben, musste sie allerdings kräftig mit Henna nachhelfen. Trotzdem wurden die ersten schwarzen Ansätze sichtbar. Ihr Gebiss war so strahlend weiß und ihre Zähne standen so sauber in Reih und Glied, dass viele sie für unecht hielten.

Lina hatte ein paar Mal versucht, ihre Zähne auch so weiß

aussehen zu lassen wie die von Doro. Sie hatte es mit Bleichungsmitteln probiert und mit einer speziellen Zahncreme. Erfolglos. Lina hatte weiße Sprenkel in den Fingernägeln und dunkle Flecken in den Zähnen, die wie Schatten wirkten. Ihr Opa sagte, das käme von den vielen Antibiotika, die sie als Kleinkind wegen einer Lungenentzündung bekommen hatte. Lina hatte nussbraune Haare und ebensolche Augen.

Vor jedem Fenster drängelte sich jetzt eine Schülertraube. Nun konnte der Wind ungehindert den Klassenraum durchkämmen. Die Klassenarbeiten, die Herr Hügelschäfer heute eigentlich zurückgeben wollte, flogen bis zur Decke und tanzten dort Pogo.

»Setzt euch wieder, Kinder«, sagte Herr Hügelschäfer. »Regt euch doch nicht so auf. Setzt euch einfach.«

Aber er sagte es zu unentschlossen. Außerdem schrie Doro jetzt: »Kai! Kai! Was machst du da?«

Ein paar Schüler fanden es witzig und lachten, weil »der Blödmann im Regen auf dem Dach rumklettert«. Aber nicht nur Jan hatte so ein komisches Gefühl, als ob gleich etwas passieren würde. Doro und Lina ahnten es ebenfalls.

Die Hans-Bödecker-Schule lag in Köln-Dellbrück, an der Grenze zu Bergisch-Gladbach. Die Schüler kamen mit der S-Bahn aus verschiedenen Stadtteilen. Tim Sommerfeld aus Marienburg, Jan Silber aus Mülheim. Lina Grün wohnte in Dellbrück und Doro Mayer in Bergisch-Gladbach, nahe beim Krankenhaus.

Jetzt erst kam der klatschnasse Tim in den Klassenraum. »Entschuldigung«, sagte er. »Ich habe die Bahn verpasst … Was ist denn hier los?«

Tim Sommerfeld wirkte immer ein bisschen mädchenhaft, mit seinen langen blonden Haaren und wasserblauen Augen. Er war groß und dünn, und wenn er lachte, war sein Mund breit genug, dass einige behaupteten, er könnte eine Banane quer fressen.

Durch die offene Tür entstand ein Durchzug. Überall im Schulgebäude knallten Türen und Fenster zu. Doro bekam ein Fenster an den Kopf. Sie blutete aus der Nase. »Scheiße!«, schrie sie. »Auah!«

Kai Lichte war jetzt bei der Turmuhr. Es sah für Jan aus, als ob Kai sich daran festhalten würde. Dann breitete Kai die Arme aus und fiel vom Dach. Er schrie nicht – oder der starke Regen schluckte seinen Schrei.

Die meisten hatten noch gar nicht begriffen, was geschehen war. Sie sahen Kai plötzlich nicht mehr. Er kletterte nicht mehr auf dem Dach herum. Er lag unten auf dem Schulhof in einer großen Pfütze bei dem Müllcontainer.

+ + + kapitel 002 + + +

An Unterricht war an diesem Tag nicht mehr zu denken. Schüler wie Lehrer standen noch unter Schock. Sie alle hatten aus den Fenstern zugesehen, wie der Notarztwagen auf den Schulhof gerast kam. Kurz dahinter die Polizei. Erst uniformierte Beamte, dann sehr schnell die Kripo.

Einige Schüler rannten nach unten, um alles aus der Nähe zu sehen. Der Notarzt versorgte Kai noch auf dem Schulhof mit einem Tropf und einem Sauerstoffgerät. Das bedeutete, er musste noch leben, stellte Doro erleichtert fest.

Die Nachricht verbreitete sich in wenigen Minuten in der ganzen Stadt. Denn fast alle Schüler holten die eigentlich verbotenen Handys heraus und teilten ihr Entsetzen per SMS Freunden, Eltern und Bekannten mit. Eine Lehrerin, Frau Flamme, und zwei Schüler, Florian und Julia aus der 9 b, fielen in Ohnmacht. Also kam ein zweiter Krankenwagen.

Jans Magen rebellierte auch. Das Frühstück kam ihm mehrfach wieder hoch. Ei. Schwarzbrot. Melone und Schinken. Aber er schluckte es wieder runter. Jan hatte seine Haare mit Gel zu vielen kleinen hochstehenden Säulen zusammengeklebt. Einerseits sah das cool aus, fand er. Andererseits machten ihn die hochstehenden Haare fast zehn Zentimeter größer. Jetzt drückte er seine Frisur platt. Am liebsten hätte er sich noch kleiner gemacht, als er ohnehin schon war.

Eltern kamen zur Schule, um ihre Kinder abzuholen. Aber niemand wollte gehen. Etwas hielt sie alle hier in der Schule fest. Auf keinen Fall hätte Jan sich jetzt krankgemeldet.

Auf einmal gab es kein anderes Thema mehr als Kai Lichte. Jeder wollte plötzlich mit ihm befreundet gewesen sein. Jeder wusste eine Geschichte über ihn zu erzählen. Alle bangten um sein Leben. In der Aula wurde spontan ein Gottesdienst abgehalten. Viele beteten still für Kai. Einige weinten.

Jan Silber wurde ein unbestimmtes Schuldgefühl nicht los. Habe ich etwas falsch gemacht?, fragte er sich. Haben unsere Rufe Kai abgelenkt? Ist er deswegen gestürzt?

Jan sah in Doros Gesicht. Ein Pflaster klebte über ihrer Nase. Ihre Blicke trafen sich nur kurz, dann guckte Doro gleich nach unten auf ihre Schuhe. Sie schluckte. Der Atem hob und senkte ihren Brustkorb schnell. Auch sie fragte sich, ob Kais Sturz etwas mit ihr zu tun haben könnte. Als das Fenster ihre Nase getroffen und sie geschrien hatte, war er abgerutscht.

Bitte, lieber Gott, dachte Doro, lass es nicht wegen mir passiert sein.

+ + + kapitel 003 + + +

Kommissar Lohmann war seit Wochen grundsätzlich schlecht gelaunt. Erstens müsste er sich einer sehr schmerzhaften Wurzelbehandlung beim Zahnarzt unterziehen. Zweitens hatte seine Freundin Gabi ihn gerade verlassen, und drittens musste sein Auto dringend in die Werkstatt, aber er war pleite.

Dieser Tag heute aber setzte allem die Krone auf. Morgens verstopfte die Dusche. Beim Kämmen stellte er fest, dass immer mehr Haare in der Bürste hängen blieben. Wenn das so weiterging, hatte er bald eine Glatze. Dann dieses Unwetter. Natürlich sprang sein Wagen nicht an. In der Stadt kamen alle Busse und Bahnen zu spät. In der Bahn wurde er als Schwarzfahrer erwischt. Er wollte das gar nicht. Er war ein ehrlicher Mensch. Er hatte einfach nur vergessen, einen Fahrschein zu ziehen. Sechzig Euro Strafe.

Und jetzt das hier. Sein Schreibtisch quoll sowieso über mit Akten von unerledigten Fällen. Dies hier sah nach Ärger aus, nach Presse und viel Aufmerksamkeit. Sollte er jetzt alle vierhundert Schüler der Hans-Bödecker-Schule vernehmen? Alle Lehrer und – ach ...

Am liebsten hätte er das hier zum Selbstmordversuch erklärt. Dann wäre er den Fall los und könnte sich darum kümmern, seinen Wagen in die Werkstatt zu bringen und sein Leben zu ordnen. Aber was, wenn der Junge im Krankenhaus starb, bevor er eine Aussage machen konnte? Dann war es Selbstmord oder Mord. Und Mord war seine Sache.

Erst einmal wollte er sich ein Bild machen. Mit seiner Kollegin Annette Köster kletterte er auf den Dachboden der Schule. Hier gab es vermutlich fünfzig Jahre alte Landkarten. Kein Mensch brauchte die noch. Die Welt sah inzwischen ganz anders aus. Einige Länder gab es gar nicht mehr. Neue waren hinzugekommen. In einer Ecke stand ein Gerippe. Museumsreife Diaprojektoren krönten verstaubte Aktenstapel. Spinnweben hingen wie Teppiche zwischen dem ganzen Plunder. An einigen Dachbalken klebten längst verlassene Wespennester.

Hier musste der Junge hochgegangen sein. Neben der großen Schuluhr, die zum Erstaunen aller seit Jahrzehnten pünktlich ging, gab es eine Ausstiegsluke aufs Dach. Eine Art Fenster ohne Glas. Da durch musste Kai Lichte aufs Dach gestiegen sein. Auf dem Dach selbst war jede Spurensicherung durch den Regen unmöglich. Aber hier unterm Dach hoffte Kommissar Lohmann auf Hinweise.

Er cremte seine Hände ein und zog dann genau wie seine Kollegin die Gummihandschuhe über. Er hasste diese Dinger. Er bekam davon eine hässliche Allergie. Juckende Pickel zwischen den Fingern. Aber er zog sie trotzdem an. Jedes Mal, wenn er einen Tatort betrat. Er wollte später nicht seine Fingerabdrücke zwischen all den anderen finden. Die meisten Spuren wurden erfahrungsgemäß nicht vom Täter verwischt, sondern von unachtsamen Polizeibeamten vor Ort unbrauchbar gemacht. Zu diesen Trotteln wollte er nicht gehören. Da nahm er lieber das wochenlange Jucken zwischen den Fingern in Kauf.

Hier oben gab es zwar eine elektrische Beleuchtung, aber die Birne war seit Jahren kaputt. Annette Köster leuchtete mit ihrer Taschenlampe auf den Boden.

»Hier muss ein reger Verkehr geherrscht haben«, sagte sie.

Es waren nicht einfach Fußspuren am Boden, es gab einen richtigen Trampelpfad durch all den Schulmüll hin zur Uhr. Die Spinnweben waren hier zerrissen. Auf dem staubigen Boden zwischen Mäusedreck und toten Insekten waren eine Menge Leute hin und her gelaufen.

Annette Köster leuchtete den Raum aus. Er war riesig. Sie konnte nicht in alle Ecken sehen. Eine Motte verfing sich in Annette Kösters Haaren. Sie schlug nach ihr.

»Wenn der Bengel hier alleine hochgelaufen ist, fresse ich einen Besen«, sagte Kommissar Lohmann.

»Du meinst ...«

Lohmann nickte. »Oh ja. Er wurde hier hochgebracht und dann runtergestoßen.«

»Mein Gott!«, rief Annette Köster. »Wer macht denn so etwas?«

Kommissar Lohmann deutete auf die Schuhabdrücke. »Kinder«, sagte er trocken. »Schuhgröße 38. Höchstens 39.«

Annette Köster holte tief Luft. Dabei verfingen sich Spinnweben zwischen ihren Lippen. Angewidert spuckte sie aus.

Kommissar Lohmann wollte diesen Ort so schnell wie möglich verlassen. Er trug einen neuen hellen Anzug, den er nicht unnötig dreckig machen wollte. Ein Kommissar mit schmutzigem Anzug wurde nicht ernst genommen. Und er wollte ernst genommen werden.

+ + + kapitel 004 + + +

Lina Grün kam als Letzte. Sie wollte Schauspielerin werden wie ihre Mutter. Vielleicht kam sie deshalb gern zu spät, so wie es sich für Stars gehörte. Sie lebte bei ihrem Opa, weil die Mutter ständig auf Tournee war und Theater spielte.

Linas Opa war ein pensionierter Kriminalkommissar. Sie mochte seine Geschichten. Wenn er erzählte, konnte sie stundenlang zuhören. Sie nannte das »Opas Märchenstunde«. Denn sie war sich nicht ganz sicher, ob er all diese Mörder wirklich gefangen hatte. Ja, nicht einmal, ob es all diese Mordfälle überhaupt gegeben hatte. Opa behauptete ja steif und fest, er habe zwanzig Jahre bei der Mordkommission gearbeitet. Mama dagegen sagte, Opa habe nur ein paar kleine Betrüger eingelocht. Der Rest sei reine Fantasie.

Inzwischen hatte es aufgehört zu regnen. Nur die glänzenden Pfützen in der Stadt verrieten noch, welchen Wolkenbruch es heute Morgen gegeben hatte. Jetzt stieß Lina zu Tim, Jan und Doro. Sie warteten vor dem Krankenhaus. Sie vermuteten, dass Kai dort lag. Sie wollten ihn sprechen.

Doro Mayer war sauer auf Lina Grün. Doro hasste es, auf Lina warten zu müssen.

»Wer dauernd zu spät kommt«, sagte Doro, »will nur Aufmerksamkeit.«

Insgeheim dachte Doro, dass Lina nur neidisch auf ihre tollen Zähne war. Viele Mädchen beneideten Doro, weil Doro so auf Jungs wirkte. In ihrer Nähe waren sie oft wie elektrisiert. Vielleicht lag es an Doros feuerroten langen Haaren oder an ihrem strahlenden Lachen, jedenfalls hatten viele Mädchen in Doros Nähe das Gefühl, unsichtbar zu werden. Sie begannen dann, komische Sachen zu machen, um beachtet zu werden. Einige lachten laut, andere fingen Streit an. Doro hatte jetzt keine Lust auf solchen Stress.

Die vier besprachen kurz die Vorgehensweise. Tim fand: »Es ist unwahrscheinlich, dass man uns alle vier zu Kai lässt. Wenn nur einer geht, hat er größere Chancen.«

Die Wahl fiel auf Doro. Wenn jemand den Pförtner mit einem Lächeln betören konnte, dann sie. Sie schaffte es sogar, dass Lehrer aus einer Fünf eine Vier machten, weil Doro so hilflos gucken konnte. Wahrscheinlich, dachte Lina, wäre Doro die bessere Schauspielerin. Aber Doro wollte nicht Schauspielerin werden.

Sie versuchte es also zunächst alleine. Natürlich ließ der Pförtner sie nicht durch. Doro kam kopfschüttelnd zu ihren Freunden zurück. »Kai liegt hier auf der Intensivstation. Das stimmt schon. Aber sie lassen niemanden zu ihm.«

»Aber wir müssen ihn doch dringend etwas fragen«, drängelte Jan. Er wollte natürlich wie sie alle von Kai wissen, was eigentlich geschehen war. Er schlug vor: »Und wenn wir dem Pförtner nun vernünftig erklären, was wir wollen?«

Doro schüttelte den Kopf. »Habe ich schon. Keine Chance.« Dabei glitzerten ihre billigen Ohrstecker wie echte Diamanten. Ein Auto raste achtlos an ihnen vorbei. Das Regenwasser aus einer Pfütze schoss in einer Welle hoch. Alle vier wurden klatschnass.

»Danke schön! Sehr freundlich!«, rief Doro hinter dem Autofahrer her.

Tim schimpfte: »Für mich ist es das dritte Mal heute. Ich werde gar nicht mehr richtig trocken.«

Für Lina war das alles unwichtig. Sie hatte eine Idee. Sie wollte ihr schauspielerisches Talent nutzen, um zu Kai zu kommen. Jetzt konnte sie Doro und den Jungs mal zeigen, was sie draufhatte. Schauspielkunst bedeutete nicht einfach nur gute Zähne zu haben, schön zu sein und brav zu lächeln, oh nein! Eine Schauspielerin musste sich in eine Rolle versetzen können und die dann spielen. Niemand kam leichter in ein Krankenhaus als ein krankes Kind. Am besten ein Notfall. Lina sagte trocken: »Ich glaube, ich habe aus Versehen Spülmittel getrunken. Bringt mich schnell in die Ambulanz. Ich habe eine Vergiftung. Ganz dolle Magenkrämpfe und so ...«

Schon begann Lina zu zittern und krümmte sich vor Schmerzen. Tim kapierte sofort. Er packte Lina und half ihr die Krankenhaustreppe hoch. Doro wollte mit anfassen, aber Tim schüttelte den Kopf: »Du nicht. Dich kennt er schon, und der Kerl ist doch nicht blöd.«

Jan und Tim schleppten die jammernde Lina ins Krankenhaus. Sie machte sich richtig schwer. Dadurch wirkte das Ganze besonders echt. Der Pförtner erkannte die Notlage sofort und zeigte den Jugendlichen den Fahrstuhl. »In die Notfallaufnahme. Erster Stock.« Es wäre gar nicht nötig gewesen, aber Jan flehte trotzdem: »Bitte helfen Sie uns. Sie hat irgend so einen Mist verschluckt.«

Als die Fahrstuhltür sich schloss, hätte Tim fast einen Lachkrampf bekommen. Erst der Gedanke an Kai holte ihn wieder runter. Im Fahrstuhl drückte Lina nicht auf *Notfallaufnahme, 1. Stock*, sondern auf *Intensiv, OP, 3. Stock*.

Dann wurde den dreien mulmig. Die Sekunden, die der Fahrstuhl brauchte, kamen ihnen endlos vor. Was erwartete sie jetzt? Was wollten sie Kai fragen? Die Fahrstuhltür öffnete sich. Vor den dreien lag ein menschenleerer Flur. Es roch nach Desinfektionsmitteln. Hinter einer dieser Türen musste Kai liegen. Aber wo? Sie scheuten sich, einfach irgendwo einzutreten. Außerdem durften sie nicht erwischt werden. Da hörten sie Stimmen und Schritte. Tim riss spontan eine Tür auf, weil darauf *Putzmittel* stand. Tatsächlich wurden hier Eimer, Wischmopps und eine Bohnermaschine aufbewahrt.

Jan und Lina drängten sich mit Tim in den Raum. Es war kein Zimmer. Mehr eine Art Schrank. Die Tür ging nicht mehr richtig zu. Die Schritte und die Stimmen kamen näher. Jan kletterte auf die Bohnermaschine. Er stieß mit dem Kopf gegen die Decke, aber jetzt schloss die Tür. Die drei versuchten nicht mal zu atmen. Tim kam die Idee, sich in die Intensivstation zu schleichen, plötzlich richtig idiotisch vor. Am liebsten wäre er sofort von hier verschwunden. Es gab vielleicht doch Dinge, die man besser den Erwachsenen überlassen sollte, fand er.

Die Stimmen waren jetzt genau vor dem Putzmittelraum. Es gab kein Entrinnen. Tims Nase kribbelte. Dieser Geruch von Desinfektionsmitteln und Bohnerwachs löste in ihm einen Niesreiz aus. Je mehr er versuchte, ihn zu unterdrücken, umso schlimmer wurde er.

»Aber mein lieber Doktor Schneider, künstliches Koma heißt doch auch, dass Sie entscheiden, ob Kai Lichte wach ist oder nicht. Ich muss ihm nur ein, zwei Fragen stellen, dann können Sie ihn gleich wieder einschläfern«, säuselte Kommissar Lohmann und versuchte, seiner Stimme einen harmlosen Klang zu geben.

»Wir haben den Patienten nicht eingeschläfert!«, stellte der Arzt genervt klar. »Wir haben ihn in ein künstliches Koma versetzt.«

»Ja, ja, meine ich ja«, stammelte Lohmann. Das war heute einfach nicht sein Tag. Trotzdem versuchte er es noch einmal: »Sehen Sie, es gibt drei Möglichkeiten: Entweder, es war ein Unfall. Oder ein Selbstmordversuch. Oder gar ein Mordversuch. Niemand kann uns das besser sagen als Kai Lichte selbst. Sie würden uns viel Arbeit ersparen, wenn Sie ...«

»Wenn Sie ihn sprechen wollen, müssen Sie sich gedulden, Herr Kommissar. Im Moment haben wir ganz andere Sorgen. Wir kämpfen um sein Leben. Er ist noch lange nicht auf der sicheren Seite. Und jetzt entschuldigen Sie mich bitte. Ich habe viel zu tun.«

»Warten Sie, warten Sie. Ich mache das doch hier auch nicht zum Vergnügen. Was glauben Sie, wie ich dastehe, wenn der Junge stirbt, bevor ich ihn befragen konnte ...«

Tim hielt es nicht mehr aus. Er wusste: Jetzt musste er niesen. Da half nichts. Um es so leise wie möglich zu machen, drückte er sein Gesicht gegen Jans Bauch. Der verlor das Gleichgewicht und krachte von der Bohnermaschine. Die Tür hielt dem Druck nicht stand. Gemeinsam fielen Tim und Jan vor die Füße von Kommissar Lohmann.

Tim nieste wie noch nie in seinem Leben. Es hörte sich fast an wie ein Schuss in den Bergen mit Echo. Lina versuchte in ihrer Verzweiflung, sich hinter einem Wischmopp zu verstecken. Aber das ging natürlich schief.

»Sieh mal einer an. Wen haben wir denn da?«, fragte Kommissar Lohmann.

»Und was wollt ihr hier?«, zischte der Stationsarzt.

Jan fuhr sich mit den Fingern durch die Haare. »Ich ... ähm ... äh, wir ... haben uns in der Tür geirrt.«

Tim nickte heftig, um das zu bestätigen.

»So, so. In der Tür geirrt. Dann wartet ihr hier vermutlich auf den Bus, was?«, fauchte der Kommissar und zog Lina aus dem Schrank.

Jan stand auf und zupfte seine Kleidung zurecht. »Wir ... wir wollten nur zu Kai und gucken, wie es ihm geht.«

Kommissar Lohmann räusperte sich. Er hatte plötzlich das Gefühl, diese Jugendlichen könnten ihn weiterbringen. Als Kommissar verließ er sich manchmal auf sein Bauchgefühl. Es war eine Art warmes Kribbeln. Er hatte es schon lange nicht mehr gespürt. Aber jetzt war es wieder da. Diese drei wussten etwas. Und er würde sie dazu bringen, ihm die Wahrheit zu sagen. Darin war er Spezialist. Er nahm Leute grundsätzlich mit zur Wache. Er befragte Menschen nicht gern irgendwo. Zu Hause fühlten sich die meisten stark. Im Polizeipräsidium kochte er sie schnell weich.

Er beschloss, die drei erst einmal mitzunehmen. Er sah sie jetzt schon heulend vor sich sitzen. Die meisten wurden schon zu Singvögeln, wenn er ihre Personendaten aufnahm. Er tippte darauf, dass dieser große Junge mit den mädchenhaften Gesichtszügen als Erster weich werden würde. In spätestens einer halben Stunde sagst du mir alles, dachte Kommissar Lohmann. Du willst doch nur zurück zu Mama und Papa.

+ + + kapitel 005 + + +

Doro wartete geduldig vor dem Krankenhaus. Einerseits freute sie sich, dass Tim, Jan und Lina es geschafft hatten, am Pförtner vorbei zu kommen. Andererseits ärgerte sie sich, weil sie gescheitert war. Lina hatte erstaunlich viele Tricks drauf. Sie sah unscheinbar aus und ihre fleckigen Zähne machten sie nicht gerade schöner, aber wenn Lina sich etwas in den Kopf setzte, dann schaffte sie es auch. Sie konnte auch gut Stimmen nachmachen. Doro erinnerte sich daran, wie es neulich gewesen war. Lina hatte in der Pause mit Herrn Hügelschäfers Stimme gerufen: »Keine Panik, Kinder! In der Schule liegt eine Bombe, sie muss sofort geräumt werden!«

Viele hatten das ernst genommen. Fast wäre durch den Blödsinn wirklich eine Panik ausgebrochen. Zig Schüler waren auf den Schulhof gestürmt. Herr Hügelschäfer und Frau Flamme hatten große Mühe gehabt, alle davon zu überzeugen, dass es gar keine Bombe gab.

Wenn Lina anderen etwas weismachen wollte, dann gelang ihr das auch. Sie konnte von einer Sekunde zur anderen eine Verrückte sein, eine höhere Tochter aus adeligem Haus, eine Schwerkranke, ein Lehrer oder ein Alien aus der Tiefe des Weltalls. Sie nannte das Trick siebzehn. In Wirklichkeit war es Schauspielkunst.

Doro staunte nicht schlecht, als sie sah, wie ihre Freunde mit einem Mann das Krankenhaus verließen. Lina gab ihr ein Zeichen. Sofort versteckte Doro sich hinter einem silbernen Ford. Sie beobachtete, wie die drei mit dem Mann zum Parkplatz hinter dem Krankenhaus gingen. Dort stiegen sie in ein Polizeiauto.

Nein, sie hatten keine Handschellen um, aber es sah auch nicht so aus, als ob Tim, Jan und Lina freiwillig mitgehen würden. Sie wirkten irgendwie so geknickt. Doro überlegte, was sie tun sollte. Der Polizeiwagen rauschte an ihr vorbei. Sie kaute auf der Unterlippe herum. Warum hatte Lina ihr ein Zeichen gegeben, dass sie sich verstecken sollte? Stimmte etwas nicht mit dem Polizisten?

+ + + kapitel 006 + + +

Annette Köster war nicht begeistert, als Kommissar Lohmann mit den drei Kindern im Polizeipräsidium ankam. Sie stand im Flur am Kaffeeautomaten. Der Kaffee schmeckte, aber der Plastikbecher hatte einen Riss. Die schwarze Brühe tropfte heraus. Sie zog einfach den nächsten Becher heraus und stellte die beiden Becher ineinander. Dann genoss sie den Kaffee.

Sie winkte ihrem Kollegen. Sie verstand nicht, was er da veranstaltete. Es gab in der Hans-Bödecker-Schule mehr als vierhundert Schüler. Wollte Lohmann die jetzt alle hierher bringen? Oder waren die drei verhaftet? Hatten sie etwas mit dem

Sturz von Kai Lichte zu tun? Ja, hatten sie ihn vielleicht gar gestoßen?

Kommissar Lohmann ließ die Schüler in seinem Büro kurz allein. Er ging zu Annette Köster in den Flur. Von hier aus konnte er Lina, Tim und Jan gut im Auge behalten. Die Büros hatten zum Flur hin alle große Glasscheiben.

»Was ist mit denen?«, wollte Annette Köster wissen. »Sind sie verdächtig?«

Lohmann litt oft darunter, dass er zwar Annette Kösters Vorgesetzter war, sie ihn aber nicht richtig ernst nahm. Manchmal benahm sie sich, als ob sie die Chefin wäre. Wahrscheinlich lauerte sie nur darauf, dass er einen Fehler machte. Sie wartet darauf, eines Tages die Abteilung übernehmen zu können, dachte er. Aber da sollte sie sich nur nicht zu früh freuen.

Kommissar Lohmann beantwortete Annette Kösters Frage nicht gleich. »Wie schmeckt der Kaffee?«, fragte er stattdessen.

»Ein bisschen stark, aber gut.«

Lohmann warf Geld in den Automaten und wählte Milchkaffee mit Zucker. Erst kam die Milch aus dem Automaten. Dann der Kaffee und der Zucker. Zuletzt der Becher. Kommissar Lohmann kam sich dämlich vor. Sein Geld war weg und auf dem Boden glänzte eine Milchkaffeepfütze. Er zerknüllte den Plastikbecher und warf ihn in den Papierkorb. Dann räusperte er sich und versuchte, die Wut in der Stimme zu unterdrücken, wodurch sie sich noch wütender anhörte.

»Es sind Klassenkameraden von Kai Lichte. Ich glaube, sie können uns einiges über ihn erzählen. Schau sie dir doch an. So sehen Jugendliche aus, die ein schlechtes Gewissen haben. Hast du die Mutter von dem verletzten Jungen erreicht?«

Annette Köster schüttelte den Kopf. »Sie geht nicht ans Telefon und zu Hause ist sie auch nicht. Oder sie macht nicht auf.«

»Wie soll ich das verstehen? Weiß sie noch gar nicht, was passiert ist?«

»Von uns jedenfalls nicht.«

»Bleib dran«, sagte Lohmann. Es klang barsch, wie ein militärischer Befehl. Annette Köster überlegte, ob sie einen Kaffee für Kommissar Lohmann ziehen sollte. Vielleicht war dies eine gute Gelegenheit, ihm einen auszugeben. Immerhin war sie an seinem fehlgeschlagenen Versuch am Automaten nicht ganz unschuldig. Sie wagte es kaum, an ihrem Kaffee zu nippen. Vor allen Dingen sollte Lohmann nicht merken, dass sie zwei Becher hatte.

Kommissar Lohmann ging in sein Büro zu Lina, Tim und Jan. Die Jugendlichen taten Annette Köster Leid. Sie befürchtete, Lohmann könnte seine Wut an ihnen auslassen. Sie sah die Kaffeelache auf dem Boden. Er war zwar ihr Chef, aber er sollte ja nicht glauben, dass sie jetzt hier den Flur putzte.

+ + + kapitel 007 + + +

»Lochen die uns jetzt ein?«, fragte Tim vorsichtig. Mit seinen wasserblauen Augen tastete er nervös den Raum ab.

Lina lachte, um sich und den anderen Mut zu machen. »So ein Quatsch. Wir haben doch nichts gemacht.«

Aber dann wiegte sie den Kopf hin und her. Immerhin hatten sie sich Zugang zur Intensivstation erschlichen und waren in einem Putzmittelraum erwischt worden. Außerdem sah der Kommissar aus, als ob mit ihm nicht zu spaßen wäre.

Jan wollte auf keinen Fall, dass seine Eltern davon erfuhren. Das ahnte Kommissar Lohmann. Es gab in seinen Augen nur zwei Sorten von Jugendlichen: Die, die unbedingt wollten, dass ihre Eltern kommen. Und die, die das auf keinen Fall wollten. Die einen hatten Eltern, die grundsätzlich immer zu ihren Kindern hielten und höchstens der Polizei Schwierigkeiten machten. Die anderen hatten Eltern, die im Zweifelsfall nicht zu ihren Kindern hielten, sondern zur Polizei, zur Schule oder wem auch immer.

Lohmanns Eltern waren so gewesen. Einmal hatte ein Nachbar ihn beschuldigt, eine Fensterscheibe eingeschossen zu haben. Er war es nicht gewesen. Aber seine Eltern glaubten dem Nachbarn, ohne ihren Sohn auch nur anzuhören. Er bekam drei Wochen Stubenarrest, außerdem musste er die Scheibe von seinem Taschengeld bezahlen. Als er dagegen protestierte und sagte: »Aber das war ich doch gar nicht!«, bekam er eine Ohrfeige. Sein Vater forderte ihn auf, die Wahrheit zu sagen.

»Aber das ist die Wahrheit!«, hatte er geschrien und gegen die Tränen gekämpft. Für diese Frechheit bekam er noch eine Ohrfeige und eine Woche Stubenarrest zusätzlich. Aus Angst, noch eine geknallt zu bekommen, hatte er dann die Tat gestanden, die er nicht begangen hatte. Damals war der Wunsch in ihm entstanden, Kriminalkommissar zu werden. Er wollte die Wahrheit ans Licht bringen.

Trotzdem bediente er sich manchmal genau der Methode seines Vaters. Nein. Er schlug die Menschen nicht, die er verhörte. Aber er schüchterte sie ein. Er begann sofort damit: »So, jetzt erzählt ihr mir sofort alles, was ihr wisst. Dann nehme ich eure Fingerabdrücke. Ich kann euch locker 48 Stunden hier festhalten, dann dürfen eure Eltern euch abholen.«

Jan hatte das Gefühl, ohnmächtig zu werden.

»Ich wusste es«, flüsterte Tim. »Der locht uns ein.«

Lina baute sich vor Kommissar Lohmann auf. Sie sah ihm ruhig in die Augen. »Herr Kommissar, ich möchte gerne telefonieren.«

Sie war eine vorlaute Göre, das hatte er gleich geahnt.

»So, so, Madame möchte telefonieren. Wen willst du denn anrufen? Deinen Anwalt?«

Lina schüttelte den Kopf. »Nein. Meinen Opa. Der hat früher in diesem Büro gearbeitet.«

Kommissar Lohmann sah Lina kritisch an. »Der hat in diesem Büro gearbeitet? Als was denn? Als Putzmann?«

»Nein, als Hauptkommissar der Mordkommission.«

Kommissar Lohmann schluckte trocken. Nahm die ihn auf den Arm? Lina ging zur Schrankwand. Dort, neben all den

Akten, hing ein Bild über dem Fotokopierer an der Wand. Es waren darauf nur ein Stück blauer Himmel zu sehen und ein paar weiße Wolken, die aussahen wie Gesichter, wenn man viel Fantasie hatte.

»Das da ist von meinem Opa. Er hat es hier hängen lassen. Bei uns zu Hause gibt es viele davon. Mein Opa ist Hobbymaler.«

Lohmann hatte das Bild immer schon gehasst. Er fand es kitschig und doof. Annette Köster dagegen mochte es. Sie sagte, es lade zum Träumen ein und zum Urlaubmachen. Unter dem Bild stand *G.G.* Jetzt kombinierte Lohmann. G.G. stand für Günter Grün. Na klar. Aber wie sollte er darauf kommen, dass der legendäre Günter Grün in seiner Freizeit Bilder malte?

»Günter Grün ist dein Opa?«, fragte er, obwohl er sich die Antwort denken konnte.

Jan nutzte die Gelegenheit. Kommissar Lohmann war so mit Lina beschäftigt, dass er die Jungen kaum noch beachtete. Jans Hemd war durchgeschwitzt. Selbst auf seiner Kopfhaut zwischen den Haartürmen bildeten sich Schweißpfützen. Er arbeitete sich im Schneckentempo zur Tür vor. Der Flur war leer. Er konnte hier vielleicht unbemerkt rauskommen. Tim ahnte, dass das schief gehen würde. Er versuchte, Jan am Ärmel festzuhalten. Ein Fluchtversuch aus dem Polizeipräsidium war doch idiotisch.

Lina sprach so laut und deutlich, dass Kommissar Lohmann das Gefühl hatte, von ihr angebrüllt zu werden: »Ja. Er ist mein Opa. Und ich rufe ihn jetzt an. Dann holt er uns hier ab. Und wenn Sie weiterhin so unfreundlich sind, wird mein Opa Ihnen ganz schön die Hölle heiß machen.«

Kommissar Lohmann räusperte sich. Die Kleine war genau wie ihr Opa. Frech und selbstbewusst. Lohmann kannte viele Geschichten über Günter Grün. Ihn selbst hatte er aber nie kennen gelernt.

»Du bist also Lina Grün?«

»Ja«, sagte Lina stolz.

Aber Kommissar Lohmann drehte alles gegen sie, als würde die Sache dadurch nur noch schlimmer. »So, so, die Enkelin vom alten Grün erschleicht sich Zugang zur Intensivstation. Du hättest es besser wissen müssen. Dein Opa wird ganz schön sauer auf dich sein, wenn er hört, wie viel Ärger du der Polizei machst.«

»Darf ich ihn jetzt anrufen oder nicht?«, fragte Lina.

Lohmann wunderte sich. Dieses Mädchen wirkte so furchtlos. Er sah zu den Jungen.

Jan hatte schon die Klinke in der Hand. Er sah Tim beschwörend an. Tim sollte ihn loslassen. Tim zögerte. Er biss auf seiner Unterlippe herum. Sie blutete schon.

Kommissar Lohmann sah mit einem Blick, was los war. Mit einem Sprung war er bei Jan Silber und stemmte sich mit dem Rücken gegen die Tür.

»Na, was habt ihr zwei denn vor?«

»Gar nichts«, sagte Jan ein bisschen zu schnell. »Gar nichts.«

Kommissar Lohmann grinste Jan an. Er hatte jetzt das Gefühl, Jan könnte doch eher das schwache Glied in der Kette sein. Seit sie hier im Polizeipräsidium waren, bewegte Jan den Kopf so seltsam hin und her, wie ein Elefant, der zu lange in Gefangenschaft gehalten worden war. Der würde ihm gleich alles erzählen, was er wusste.

»Was ist jetzt?«, hakte Lina nach. »Darf ich jetzt meinen Opa anrufen oder nicht? Sie wissen doch, dass Sie mich telefonieren lassen müssen?«

Kommissar Lohmann stöhnte genervt. Er zeigte aufs Telefon. »Bitte! Wenn du unbedingt willst, dass dein Opa sich Sorgen macht ...«

Lohmanns Zahn meldete sich schmerzhaft. Vielleicht bin ich zu ruppig zu den Kindern, dachte er. Ich darf meine schlechte Laune nicht an ihnen auslassen. Davon wird auch nichts besser. Er steckte sich den Zeigefinger in den Mund und rieb sich das Zahnfleisch. »Ihr könnt ja gleich gehen. Das mit dem Krankenhaus vergessen wir einfach. Aber ihr sagt mir jetzt, was ihr über Kai Lichte wisst. Hatte er Feinde?«

Verständnislos sah Jan den Kommissar an. »Feinde?«

Komisch, dachte Tim, entweder ist der Kommissar sehr launisch oder er hat echt Schiss vor Linas Opa. Auf einmal wird er freundlich. Ob das ein Trick ist?

»Wie kommen Sie denn darauf, dass Kai Feinde hatte?«

»Hatte er denn welche?«

Jan, Tim und Lina schüttelten gleichzeitig die Köpfe. Jetzt, da Lina telefonieren durfte, hatte sie plötzlich keine Lust mehr. Irgendwie hatte sich das Blatt gerade zum Guten gewendet, fand sie.

»Glauben Sie etwa, dass jemand Kai vom Dach gestoßen hat?«, fragte Lina.

Kommissar Lohmann kramte in seiner Jacke nach Schmerztabletten. Er hatte heute schon zwei genommen. Aber jetzt begann dieses Pochen und Ziehen im Kiefer wieder.

»Hm«, sagte er, »ich halte es für möglich.«

»So ein Quatsch!«, entfuhr es Jan. »Ich habe es genau gesehen. Er ist vom Dach gefallen. Da war sonst keiner.«

Na bitte, dachte Kommissar Lohmann und zerkaute eine Tablette. Die Kids wissen was. Er nahm einen Schluck Wasser. Dann sagte er bestimmt: »Kai Lichte ist nicht einfach vom Dach gefallen. Da bin ich mir ganz sicher. Er ist entweder gesprungen oder gestoßen worden.«

Tim bekam schwitzige Hände.

»Wer hat es denn gesehen? Sie oder ich?«, fauchte Jan merkwürdig angriffslustig.

»Wenn er nur abgerutscht wäre«, sagte Kommissar Lohmann trocken, »hätte er nicht so weit von der Wand weg gelegen. Nein, nein. Ein Unfall war das ganz sicher nicht.« Dann setzte Kommissar Lohmann sich auf einen Drehstuhl und hörte Jan zu. Jan erzählte genau, was er gesehen hatte. Es klang glaubwürdig für Kommissar Lohmann. Aber das bedeutete, es gab viele Zeugen. Fast alle Schüler hatten am Fenster gestanden.

Er machte sich Notizen. Er musste diesen Herrn Hügelschäfer sprechen. Die Aussage eines Erwachsenen zählte für Kommissar Lohmann mehr als die von vielen Schülern. Er war sich gar nicht klar darüber, dass er in diesem Fall genauso dachte wie sein Vater. Er traute den Beobachtungen der Kinder nicht. Es musste stark geregnet haben. Außerdem waren sie gut fünfzig Meter weit weg gewesen. Ihm gingen die Spuren auf dem Dachboden nicht aus dem Kopf. Er würde jedes Staubkorn da oben vom Labor untersuchen lassen, wenn der Junge starb, bevor er eine Aussage von ihm hatte.

»Hat Kai sich in den letzten Tagen denn auffällig verhalten?

Ich meine, hat er gesagt, dass er vor jemandem Angst hatte? War er traurig? Hatte er Kummer?«

Wenn es sich um einen Selbstmordversuch gehandelt haben sollte, dann bestimmt nicht wegen schlechter Noten. Kai Lichte zählte zu den besten Schülern der Klasse.

Das Telefon klingelte. Kommissar Lohmann hob sofort ab. Annette Köster war dran. Sie sagte nur: »Ich bin bei der Mutter. Sie flippt völlig aus.«

Im Hintergrund hörte Kommissar Lohmann eine Frau kreischen. Er entschied sofort: »Ich muss los. Wenn euch noch etwas einfällt, ruft mich an.«

Jan atmete erleichtert aus. Kommissar Lohmann ging noch vor den Jugendlichen durch die Tür in den Flur. Jan folgte ihm als Erster. Dann kam Tim. Zuletzt Lina. Tim kannte es aus vielen Fernsehkrimis: Wenn der Kommissar ging, drehte er sich im letzten Moment noch einmal um und stellte eine überraschende Frage. Tim rechnete jetzt auch damit.

Kommissar Lohmann drehte sich auch tatsächlich um. Aber es war eine merkwürdig schnelle Bewegung und sie war zu groß. Er drehte sich um die eigene Achse und knickte in den Knien ein. Nein, er stellte keine überraschende Frage. Er rutschte in der Milchkaffeepfütze aus und knallte lang hin.

Damit war sein Anzug endgültig versaut.

+ + + kapitel 008 + + +

Nie hatte die Kölner Straßenluft den dreien besser geschmeckt als jetzt. Tim glaubte sogar, den Rhein zu riechen und das Popcorn aus dem Cinedom.

Ganz so dumm waren die Fragen von Kommissar Lohmann nicht, dachte Lina. Sie hielt Jan am Ärmel fest. »Lauf doch nicht so schnell.«

»Ich muss nach Hause. Ich kriege Stress.«

»Ja sag mal, hast du dem Kai denn nichts angemerkt?«

Jan blieb stehen und sah Lina an: »Ich war doch viel zu weit weg. Und dann der Regen.«

»Nein. Das meine ich nicht. Er muss doch morgens mit dir in der S-Bahn gefahren sein.«

Jan schüttelte den Kopf. »Nein. Ist er nicht. Ich war alleine in der Bahn. Ganz sicher. Er muss mit dir gefahren sein, Lina. Eine Bahn früher.«

Tim hob die Arme. »Ich habe ihn auch nicht gesehen. Aber ich bin ja auch zu spät gekommen.«

Lina hielt Jan immer noch fest. Sie dachte nach. Von der anderen Straßenseite wehte von einem Kebab-Imbiss der Geruch von gegrilltem Fleisch herüber und erinnerte die drei daran, dass sie seit dem Frühstück nichts mehr gegessen hatten.

Lina wiederholte, was sie wusste: »Er ist nicht mit dir gefahren und nicht mit mir. Tim hat ihn auch nicht gesehen.«

»Vielleicht«, gab Tim zu bedenken, »ist er ja noch früher gefahren.«

»Nein«, sagte Jan. »Dann hätte Kai schon um halb acht vor

der Schule gestanden. Die Tür wird erst um Viertel vor acht aufgemacht. Wir hätten ihn alle sehen müssen.«

Lina spielte jetzt die Kommissarin. Sie kombinierte: »Er ist kurz nach Beginn der ersten Stunde auf dem Dach gewesen. Er ist nicht mit uns ins Gebäude reingegangen. Später ist er auch nicht gekommen, dann hätte Tim ihn gesehen ...«

Das ergab doch alles keinen Sinn. Es sei denn ... Jan und Lina sagten es gleichzeitig: »Er war schon in der Schule, als die Tür aufgeschlossen wurde.«

Tim tippte sich mit dem Zeigefinger gegen die Stirn: »So ein Quatsch. Das würde ja bedeuten ...«

»Genau«, sagte Lina. »Es würde bedeuten, dass Kai die Nacht in der Schule verbracht hat.«

Sie musste das nicht weiter erklären. Es war logisch. Abends, wenn die letzten Sportveranstaltungen vorbei waren, schloss der Hausmeister ab und morgens um Viertel vor acht öffnete er wieder. Zwischendurch kam höchstens die Reinigungsfirma in die Schule.

Tim wollte das trotzdem nicht ganz glauben: »Aber die Putzfrauen hätten ihn bestimmt entdeckt.«

»Nicht auf dem Dachboden!«, rief Jan.

Lina wusste sofort, was sie zu tun hatten: »So kann es gewesen sein. Kommt! Das gucken wir uns an.«

»Du willst *was*?«, fragte Jan ungläubig, als hätte er nicht verstanden, was Lina gesagt hatte.

Lina fasste ihre Gedanken ganz ruhig in Worte. Sie wurde dabei kein bisschen lauter: »Ich will hoch auf den Dachboden unserer Schule. Zum Tatort. Da oben muss das Geheimnis verborgen sein.«

»Was denn für ein Geheimnis?«, wollte Tim wissen.

»Na ja, wenn Kai wirklich gesprungen ist, dann gibt es vielleicht einen Abschiedsbrief oder ...«

Jan wollte eigentlich nur nach Hause. Er hoffte, dass seine Eltern ihm keine blöden Fragen stellen würden, weil er so spät kam. Er wollte ins Bett und seinen Science-Fiction-Roman zu Ende lesen. Er konnte sich nicht vorstellen, dass Kai einen Selbstmordversuch begangen hatte. Er konnte überhaupt nicht begreifen, dass irgendjemand so etwas tat. Er hatte noch den Lottoschein seiner Eltern in der Tasche. Den musste er abgeben. Seit Jahren tippten die Eltern immer dieselben Zahlen. Alle möglichen Geburtstags- und Hochzeitstage. Es war Freitagnachmittag. Noch konnte er es schaffen, den Lottoschein abzugeben.

Aber Tim wollte nicht gerne alleine mit Lina auf den Dachboden der Schule steigen. Er war sich nicht sicher, ob Doro kommen würde, aber ihm war völlig klar, dass niemand Lina davon abbringen konnte, den Tatort zu besichtigen. Also überredete Tim Jan dazu, den Lottoschein erst morgen abzugeben. Erst jetzt bemerkte Tim, dass er sich seine Lippe blutig gekaut hatte.

Jan fühlte sich nicht wirklich wohl dabei. Aber er wollte auch nicht als Feigling gelten. Er ging mit. Sie schickten Doro eine SMS. Sie sollte kommen und eine Taschenlampe mitbringen. Oder besser mehrere.

Sie trafen sich am Kiosk vor der Schule. Es war kein Problem, ins Gebäude zu kommen. Um diese Zeit trainierten immer verschiedene Basketballvereine in der Turnhalle. Deshalb waren die Eingangstüren nicht verschlossen. Lina, Doro, Jan und Tim huschten leise durch die Flure hoch zum Dachboden. Sie hatten Glück. Sie wurden nicht erwischt. Aber die Luke zum Dachboden war von Kommissar Lohmann versiegelt worden. Es war nur ein kleines Stück Klebestreifen. Es sollte verhindern, dass irgendjemand unbemerkt den Raum betrat.

Tim wollte es einfach abreißen. Aber Doro hatte eine bessere Idee: »Wenn wir das Papier nass machen, können wir es einfach abziehen und hinterher wieder aufkleben. Dann merkt niemand, dass wir oben waren.«

Lina fand die Idee gut. Aber wie sollten sie das Papier befeuchten? Doro ging zum Fenster. Dort standen Blumen, die der Hausmeister meistens nicht goss. Ein Weihnachtskaktus. Ein Gummibaum. Und eine Birkenfeige, die schon gelbe Blätter hatte. Die Spritzpistole stand auf der Fensterbank. Es war sogar noch genügend Wasser drin. Doro bespritzte das Siegel. Dann löste sie es mit spitzen Fingern. Der Zugang zum Dachboden war nur über die Luke möglich. Doro ließ die wackelige Treppe hinunter. Sie knirschte, als Doro sie ausfuhr.

Ein Stockwerk tiefer fiel etwas um. Ein Besen vielleicht.

»Die Putzkolonne«, flüsterte Jan. »Schnell! Beeilung!«

Doro kletterte als Erste hoch. Für einen Moment stockte ihr der Atem. Sie hatte diesen Raum noch nie im Leben gesehen. Sie kannte viele Gruselfilme. Ihr Vater sammelte Horrorvideos. Heimlich hatte sie die meisten davon schon gesehen. In vielen Filmen gab es unheimliche Häuser, dunkle Keller oder Dachböden, auf denen das Grauen hauste. Aber einen Ort, der so angsteinflößend war, hatte Doro noch nie gesehen. Es waren nicht allein diese Vorhänge aus Spinnweben. Auch nicht das Gerippe in der Ecke, das aussah, als wolle es jeden

Moment »Guten Tag« sagen. Nein, es waren vor allen Dingen der Geruch und das Licht. Einige Dachpfannen waren verrutscht und dadurch fielen die letzten Sonnenstrahlen wie dünne Lichtfäden herab. Sie verfingen sich in den Spinnennetzen. Staubkörnchen tanzten im Licht wie Teenies in der Disco. Irgendwoher kam ein leichter Durchzug, obwohl hier bestimmt kein Fenster offen stand.

Doro leuchtete mit ihrer Taschenlampe in den Raum. Die Spinnweben reflektierten das Licht. Da unten huschte etwas von den Landkarten zu den hochgestapelten alten Schulheften. Hoffentlich nur eine Maus, dachte Doro. Aber sie hätte sich jetzt auch nicht gewundert, wenn ein Troll um die Ecke gekommen wäre.

Sie fühlte sich beobachtet. »Wollen wir wirklich hier oben etwas suchen?«, fragte sie. Doro fand die ganze Idee, den Tatort zu besuchen, völlig verrückt. Ein typischer Lina-Einfall. Doro machte nur mit, um Lina nicht völlig das Feld zu überlassen. Sie gab es nur ungern vor sich selber zu, aber sie war ein bisschen verknallt in Tim. Der hatte davon natürlich noch nichts bemerkt. Wie denn auch? Sie lachte ihn doch nur den ganzen Tag an und strahlte wie ein Weihnachtsbaum, sobald er in ihre Nähe kam. Alle Jungen waren hinter Doro her. Nur Tim nicht. Genau deshalb wollte sie ihn nicht zu lange mit Lina allein lassen.

Unten flüsterte Tim: »Schnell! Wir bekommen Besuch!«

Jan drängte sich hinter Doro hoch. Dann Tim und zuletzt Lina. Als sie die Treppenleiter hinter sich hochzog, wurde Doro ganz schlecht. Zu viele Bilder aus den Horrorfilmen schossen ihr durch den Kopf. Die Filmbilder vermischten sich mit der Wirklichkeit. Plötzlich bewegten sich die Landkarten und wurden zu den Armen eines Riesenkraken. Hinter der Pyramide von alten Schulbänken leuchteten die giftig grünen Augen eines gefräßigen Monsters.

»Ich will hier raus. Lasst mich wieder runter. Das hier ist nichts für mich!«, jammerte sie.

Jan hielt ihr den Mund zu. Er flüsterte in ihr linkes Ohr: »Sei ruhig. Die Putzkolonne ist direkt unter uns.«

Doro kniff die Schenkel zusammen. Sie hatte Angst, sich in die Hose zu machen. Sie musste hier raus. Sofort.

»Bitte, ich kann hier nicht bleiben ... ich ... ich kriege gleich einen Schreikrampf!«

Unten begannen die Putzkräfte den Flur zu putzen. Tim bückte sich und hielt sein Ohr gegen die Luke. Er konnte hören, wie ein nasser Lappen über einem Eimer ausgewrungen wurde.

»Das kann dauern«, raunte er.

»Okay, durchsuchen wir in der Zeit den Dachboden«, schlug Lina vor.

Ein Lichtstrahl fiel auf Doros Ohrstecker. Er reflektierte das Licht in alle Richtungen. In Blau, Rot, Lila und Weiß. Sie versuchte sich zu beruhigen, aber ihr Herz raste so sehr, und sie hatte das Gefühl, nicht genügend Luft zu bekommen. Sie japste richtig nach Sauerstoff, dabei war bestimmt für alle genug da.

Die Risse in Tims Unterlippe platzten wieder auf.

+ + + kapitel 009 + + +

Der Arzt musste Frau Lichte eine Spritze geben, so sehr hatte sie sich aufgeregt. Jetzt saß sie ruhig im Ohrensessel in ihrem Wohnzimmer und erzählte von ihrem Sohn Kai. Immer wieder unterbrach sie ihren Redefluss. Sie wollte zu ihm. Natürlich verstanden Annette Köster und Kommissar Lohmann das sehr gut. Aber Lohmann hatte auf dem Weg zu Frau Lichte einen Anruf aus dem Krankenhaus erhalten. Kai Lichtes Zustand hatte sich rapide verschlechtert. Die vielen Knochenbrüche machten dem Doktor keine Sorgen, aber jetzt war eine massive Gehirnblutung aufgetreten. Ein Äderchen in Kais Kopf war geplatzt. Er wurde gerade einer Notoperation unterzogen. Kommissar Lohmann hatte Frau Lichte nicht wirklich gesagt, wie gefährlich die Situation war. Nur eben, dass ihr Sohn gerade operiert würde. Kommissar Lohmann vermied den Ausdruck »akute Lebensgefahr«.

Frau Lichtes lange braune Haare hingen strähnig herunter. Sie hatte schwarze Ränder unter den Augen und sah gut zehn Jahre älter aus, als sie laut Ausweis war. Kommissar Lohmann fühlte sich unwohl in der Wohnung. Er wollte es der armen Frau gern ersparen, ins Präsidium zu kommen, aber hier wusste er gar nicht, wo er sich hinsetzen sollte. Auf einem Stuhl lag ein BH. Lohmann fand es unpassend, das Kleidungsstück hochzuheben und wegzulegen. Es gab noch ein Sofa, aber darauf stand eine Plastikwanne voller frisch gewaschener Wäsche. Ein Bügelbrett war vor dem Fernseher aufgebaut, darüber hing ein blau-weiß gestreiftes Hemd.

Annette Köster hockte auf einer Art Fußbank. Kommissar Lohmann blieb an den Türrahmen gelehnt stehen. Gern hätte er einen Kaffee getrunken. Er brauchte ab und zu einen kleinen Muntermacher für den Kreislauf. Aber er konnte Frau Lichte nicht gut darum bitten. Die Frau sah völlig fertig aus. Total erschüttert. Kein Wunder. Sie hatte bei einer Freundin geschlafen. Als sie zurückkam, klingelte gleich das Telefon und Annette Köster war dran gewesen.

Kommissar Lohmann fragte sich, warum hier so viel Bügelwäsche herumstand, wenn Frau Lichte gerade von ihrer Freundin kam. Aber er wollte sich nicht bewertend in das Leben anderer Menschen einmischen. Seit seine Freundin, die dumme Kuh, ausgezogen war, sah es in seiner Wohnung auch nicht besser aus.

»Können Sie sich vorstellen«, fragte Kommissar Lohmann, »dass Ihr Sohn einen Selbstmordversuch gemacht hat?«

Für einen Moment trat völlige Stille ein. Draußen fuhr ein Lkw vorbei. Dann schluckte Frau Lichte trocken und nickte. »Ja. Ja, Himmelherrgott, das kann ich.«

»Hat er so etwas angekündigt – oder angedroht?«

Die Mutter schüttelte den Kopf. Sie war leichenblass. Ihre Lippen wurden schmal wie Bleistiftstriche.

»Ich brauche jetzt einen Schnaps«, sagte sie. Dafür hatte Kommissar Lohmann wahrlich Verständnis. Am liebsten hätte er gesagt: »Ich auch.« Er tat es aber nicht, weil Alkohol im Dienst streng verboten war. Stattdessen nutzte Kommissar Lohmann die Gelegenheit, Frau Lichte um ein Glas Wasser zu bitten. Er müsse eine Zahnschmerztablette nehmen.

»Ich kann uns einen Kaffee kochen«, schlug Frau Lichte vor.

Doch noch bevor Kommissar Lohmann erfreut »Ja« sagen konnte, schüttelte Annette Köster den Kopf und sagte: »Danke, Frau Lichte. Wir wollen Ihnen wirklich keine Umstände machen.«

Kommissar Lohmann verzog sauer den Mund. Wieder kein Kaffee. Frau Lichte brachte ihm ein Glas Leitungswasser aus der Küche. Er warf noch eine Tablette gegen die Zahnschmerzen ein.

Frau Lichte trank einen Kräuterbitter und erzählte dann, ihr Sohn hätte in der Schule sehr gelitten. Einige Schüler hätten ihn unter Druck gesetzt. Ihn gehänselt und wohl auch verhauen. Ihr Sohn sei ein sehr stilles Kind. Eher zurückgezogen. Seine Klassenkameraden hätten ihn terrorisiert, sagte sie.

»Das ist ein schwerer Vorwurf«, gab Kommissar Lohmann zu bedenken. »Haben Sie denn mal etwas unternommen? Ich meine, haben Sie sich bei den Lehrern beschwert?«

Frau Lichte nickte und schüttelte dann gleich den Kopf. Das habe doch alles keinen Sinn. Am schlimmsten sei es für Kai im Sportunterricht gewesen und in der Umkleidekabine. Deshalb habe sie ihm oft Entschuldigungen geschrieben, damit er am Sport nicht teilnehmen musste – zum Beispiel bei den letzten Bundesjugendspielen.

»Haben sich irgendwelche Schüler dabei besonders hervorgetan?«, fragte Kommissar Lohmann.

Frau Lichte überlegte nicht lange. »Ja«, sagte sie. »Dieser Tim Sommerfeld zum Beispiel.«

Kommissar Lohmann sah Annette Köster triumphierend an. Sie verstand sofort. Tim Sommerfeld musste einer von den Jungen sein, die Lohmann mit ins Präsidium gebracht hatte.

Manchmal hielt sie Kommissar Lohmann für einen ungehobelten Trottel. Aber wenn es jemanden gab, der den sechsten Sinn hatte, dann er. Er ließ sich mehr von seinen Gefühlen und Instinkten leiten als jeder andere Kommissar. In der Beziehung konnte sie viel von ihm lernen. Auch wenn er ein mürrischer, spießiger Nörgler war.

»Sie haben bei Ihrer Freundin geschlafen«, sagte Annette Köster. »Das heißt, Kai war hier nachts alleine?«

Frau Lichte hörte den leicht vorwurfsvollen Ton von Annette Köster heraus. Sie warf den Kopf in den Nacken und antwortete nicht der Fragestellerin, sondern dem Kommissar: »Mein Kai ist ein guter Junge. Den kann man alleine lassen. Der macht keinen Mist wie andere.«

Annette Köster hakte nach: »Und morgens hat er sich dann alleine Frühstück gemacht und ist in die Schule gegangen?«

»Na, hören Sie mal! Er ist dreizehn! Sie haben wohl keine Kinder, was?«, konterte Frau Lichte.

Annette Köster sah auf ihre Fußspitzen. Treffer, dachte Kommissar Lohmann. Dann fragte er: »Dürfen wir uns mal das Zimmer von Ihrem Sohn ansehen?«

Frau Lichte stand auf und ging vor. Annette Köster stieß aus Versehen gegen das Bügelbrett. Es fiel um. Das Bügeleisen knallte auf den Boden. Frau Lichte funkelte Annette Köster an. Die beiden mochten sich nicht. Das war sonnenklar. Annette Köster hob das Bügeleisen auf. Spitz sagte sie: »Hat Ihre Putzfrau gekündigt?«

»Sie meinen, wegen der Wäsche hier?« Frau Lichte lachte bitter. »Ich habe keine Putzfrau. Ich lebe von einer kleinen Witwenrente. Kai macht bei uns die Wäsche.«

Ungläubig fragte Kommissar Lohmann: »Ihr Sohn bügelt?«

»Ja, warum denn nicht? In welchem Jahrhundert leben Sie eigentlich?«, fragte Frau Lichte zurück.

Kommissar Lohmann dachte daran, dass er sich wohl bald ebenfalls mit dem Gedanken anfreunden musste, seine Hemden selbst zu bügeln. Seine Freundin war weg, und bei seinen Finanzen konnte er es sich nicht leisten, alles ständig in die Wäscherei zu bringen. Aber ein Kommissar brauchte schließlich saubere Hemden.

»Kann ich vielleicht doch einen Kaffee bekommen?«, fragte er. »Um diese Zeit braucht mein Kreislauf immer einen kleinen Anschub.«

Annette Köster war es ein bisschen peinlich. Außerdem wollte sie so rasch wie möglich hier weg. In Frau Lichtes Nähe fühlte sie sich unwohl. Diese Frau hatte etwas an sich, das Annette Köster aggressiv machte. Es war ein ganz heftiges Gefühl und Annette Köster schämte sich dafür. Der Sohn dieser armen Frau lag schwer verletzt im Krankenhaus. Vielleicht würde er sterben oder ewig an einen Rollstuhl gefesselt sein. Statt Mitgefühl zu zeigen und Verständnis, war sie offen ablehnend, und ihr Kollege ließ sich von der Mutter auch noch bedienen. Annette Köster fand, dass sie sich beide völlig danebenbenahmen. Was ist los mit uns?, fragte sie sich im Stillen. Sind wir schon so abgebrüht oder einfach nur überarbeitet?

+ + + kapitel 010 + + +

Doro atmete in eine Plastiktüte. Sie hatte für solche Fälle immer eine Tüte in der Tasche. Wenn sie hyperventilierte, bekam sie so viel Sauerstoff in die Lunge, dass sie fast ohnmächtig wurde. Sie musste dann in eine Tüte atmen. Nach einer Weile ging es ihr meist besser. Früher hatte sie geglaubt, schwer krank zu sein. Jetzt, da sie wusste, was mit ihr los war, fand sie es nur noch peinlich. Es geschah immer, wenn sie an den Rand einer Panik geriet. Dann musste sie Luft einsaugen, bis ihre Lungen brannten und ihr schwarz vor den Augen wurde.

Sie hatte ihren Atem jetzt wieder unter Kontrolle und lag erschöpft und schweißgebadet am Boden. Die Plastiktüte hielt sie fest umklammert wie einen Rettungsring. Noch konnte sie nicht aufstehen. Sie wusste, dass ihr sofort schwindelig werden würde. Sie brauchte noch eine Weile Ruhe, damit ihr Kreislauf sich wieder normalisieren konnte. Sie reckte den Kopf. Tim kniete noch immer neben ihr. Doro schloss die Augen und genoss seine Anwesenheit. Das Brennen in den Lungen ließ langsam nach.

Jan und Lina durchstöberten einen Teil des Dachbodens, der durch Spanplatten vom Rest abgeteilt war. Hier lagerte altes Anschauungsmaterial aus dem Biologieunterricht von vor über fünfzig Jahren. Tote Frösche in Formalin. Ein abgeschnittener Finger. Schlangen in Gläsern. Eine Raucherlunge. Ein Blinddarm im Glas. Aufgespießte Käfer und Schmetterlinge hinter Glasrahmen. Bilder von aufgeschnittenen Körpern. Freigelegte Muskeln. In einem Glas ruhte ein Gehirn.

Lina fragte sich, ob das von einem Menschen war, einem Affen oder ... Sie berührte das Glas vorsichtig mit dem Zeigefinger. Sie wollte die Staubschicht von dem Papieraufkleber wischen, um zu lesen, was auf dem Etikett stand. Es war eine Handschrift. Sehr alt, in Buchstaben, wie Lina sie gar nicht kannte. All das Zeug musste aus der Zeit stammen, als die Schule noch nach irgendeinem General benannt war, denn auf dem Etikett stand *General-Falkenhayn-Schule.* Lange bevor Jan, Tim, Doro und Lina hierher kamen, war die Schule in Hans-Bödecker-Schule umbenannt worden.

Jetzt konnte Lina auf dem Etikett lesen: *Gehirn von Oberstudiendirektor Dr. Hirschmann. Gespendet für den Anschauungsunterricht 1927.*

Da stieß Jan einen spitzen Schrei aus: »Guck dir das an, Lina!«

Lina zuckte zusammen. Für den Bruchteil einer Schrecksekunde glaubte sie, der Schrei hätte etwas damit zu tun, dass sie das Glas mit dem Gehirn berührt hatte. Fast hätte sie selbst geschrien. Aber dann fing sie sich, stieg über Kisten mit Präparaten, und schon war sie bei Jan.

Jan stand da, als sei alle Energie aus ihm gewichen. Hier hingen Landkarten von den Dachbalken herab. Jemand hatte sich einen Lagerplatz gebaut. Sorgfältig versteckt hinter Regalen und Kisten und abgeschirmt durch eine Europakarte zur Zeit der Völkerwanderung und eine andere Karte, die die deutschen Kolonien zeigte. Alte Matten aus dem Sportunterricht waren zu einem Bett umfunktioniert worden. Es gab einen Schlafsack und eine Wolldecke. Überall standen Kerzen. Mindestens hundert Teelichter. Viele waren schon ganz leer gebrannt, aber in einigen gab es noch Wachs. Dazu große, dicke, weiße Kerzen. An einer entdeckte Jan ein Kreuz.

»Der hat die Kerzen in der Kirche geklaut«, flüsterte Jan.

Lina stellte sich vor, um wie viel unheimlicher dieser Ort aussehen musste, wenn er vom Kerzenlicht beleuchtet wurde statt von ihrer Taschenlampe.

»Ob Kai hier oben geschlafen hat?«, fragte Lina. Es klang, als ob sie die Antwort lieber gar nicht wissen wollte.

Jan bückte sich und griff in einen offenen Pappkarton. Er holte Schokoriegel heraus. Zwei Packungen mit gesalzenen Erdnüssen. Eine angebrochene und eine eingeschweißte. Im Karton waren außerdem zwei Flaschen Sprudelwasser. Kekse. Batterien und ein CD-Spieler.

»Das gibt es doch nicht«, sagte Lina erstaunt. »Der hatte sogar einen Wasserkocher hier oben.«

Daneben standen zwei Becher mit der Aufschrift *10 Jahre Hans-Bödecker-Schule*. Aus den Bechern war noch vor kurzem getrunken worden. In einem hing ein Beutel Pfefferminztee.

»Der hat es sich hier ganz schön gemütlich gemacht«, sagte Jan.

Lina protestierte: »Gemütlich? Spinnst du, Jan? Kennst du einen gruseligeren Ort? Ich bin froh, wenn ich hier wieder weg bin.«

»Trotzdem. Wenn du mich fragst, hat er öfter hier übernachtet. Das sieht ja aus wie eine Wohnung.«

Lina entdeckte ein Fotoalbum mit Farbbildern. Sie blätterte darin. Auf einem Bild war ein Wohnwagen mit einem blauweißen Vorzelt zu sehen. Er war mit Steinen hochgebockt. Daneben stand ein Strandkorb, ebenfalls blau-weiß, darin Kai Lichte. Sein rechter Arm war eingegipst. Darunter stand: *Sommerferien, Rodenkirchen, Rheinufer, 2006.*

»Hatte Kai den Arm gebrochen?«, fragte Lina. »Kann ich mich gar nicht dran erinnern.«

Jan zuckte nur mit den Schultern. Lina überlegte weiter: »Komisch, ich dachte, Kai war mit seiner Mutter in London.«

Jan winkte ab: »Das ist doch jetzt völlig egal.«

Die deutschen Kolonien wurden zur Seite geschoben. Doro und Tim erschienen.

Tim staunte nicht schlecht, als er das Lager sah. Doro hatte noch genug damit zu tun, regelmäßig zu atmen. Ihre Arme und Beine waren bleischwer. Ihr Kopf tat weh. Tim hatte sich gerade so liebevoll zu ihr verhalten. Sie spürte jetzt noch heftiger, wie sehr sie ihn mochte. Sie interessierte sich im Moment viel mehr für Tim als für diesen dreckigen, mit Gerümpel voll gestopften Dachboden. Am liebsten hätte sie Tims Hand gehalten. Aber der stand nur mit hängenden Schultern da und staunte.

»Was hat das alles zu bedeuten?«, fragte Doro und zeigte auf das Lager.

»Kai hat sich hier oben ein Versteck gebaut«, antwortete Jan trocken.

»Aber wovor hat er sich versteckt?«, wollte Tim wissen. Er bemühte sich, cool zu bleiben, aber langsam wurde ihm auch unheimlich zumute.

Jan kratzte sich: »Und warum hatten wir alle keine Ahnung? Oder wusstet ihr davon und nur ich bin blöd?«

»Wie viel Angst muss jemand haben, um sich hier oben zu

verstecken?«, fragte Lina mehr zu sich selbst als zu den anderen. »Und wovor? Hat Kai wirklich nie jemandem etwas davon erzählt?«

Jan erinnerte sich: »Kai hat ein paar Mal bei mir geschlafen. Wir haben zusammen Tischtennis gespielt und Hausaufgaben gemacht. Aber erzählt hat er mir nichts. Einmal, das ist aber schon lange her, da stand er abends mit seinem Rucksack bei uns vor der Tür. Er sagte, wir hätten uns doch verabredet, gemeinsam *Star Wars* zu gucken. Er hatte alles mit. Zahnbürste. Schlafanzug. Schulsachen für den anderen Tag. Ich konnte mich an die Verabredung gar nicht mehr erinnern. Es war mir echt peinlich.«

»Das glaube ich«, sagte Tim. »Hat er denn trotzdem bei dir geschlafen?«

»Ja klar. Wir konnten ihn ja schlecht wegschicken. Meine Mutter hat ihm sogar noch etwas vom Abendessen warm gemacht. Sie war nur sauer auf mich, weil ich Besuch eingeladen hatte, ohne ihr etwas zu sagen.«

Tim schluckte. Sein Kehlkopf bewegte sich dabei für alle sichtbar rauf und runter, weil Tim von Doros Taschenlampe angeleuchtet wurde.

Doro fand, dass Tim eine ganz süße Nase hatte, und an seinen abstehenden Ohren hingen Spinnweben. Jan dagegen war einen Kopf kleiner als Tim. Er hatte dunkle Haare, die sich nicht kämmen ließen. Deshalb benutzte er für Doros Geschmack zu viel Haargel. Jetzt standen seine Haare in alle Himmelsrichtungen ab wie Antennen. Doro teilte den anderen ihre Gedanken und Beobachtungen nicht mit, denn sie ahnte, dass alle es unpassend finden würden.

Tim wehrte mit der Rechten Doros Lichtkegel ab. Er wollte nicht länger geblendet werden. »Wie lange ist das her?«, fragte er.

Jan war sich nicht ganz sicher. »Ein Jahr, schätze ich. Vielleicht etwas länger. Keine Ahnung. Muss im Sommer gewesen sein.«

»Vermutlich hat er sich danach dieses Lager eingerichtet«, sagte Lina.

»Wie kommst du denn da drauf?«

Lina hob einen batteriebetriebenen Ventilator hoch. »Ich wette, im Sommer wird es hier oben unter dem Dach brütend heiß.«

Doro nickte. Sie konnte sich noch gut an den letzten schwülen Sommer in Köln erinnern. Es war schon in den Klassenräumen nicht zum Aushalten gewesen. Die Hitze stand in der Stadt, als ob sie Eier ausbrüten sollten. Hier oben musste es die Hölle gewesen sein.

»Hast du auch mal bei Kai geschlafen?«, fragte Lina weiter.

Jan schüttelte den Kopf. »Nein, nie.«

»Du, Tim?«

Die Frage kam Tim so abwegig vor, dass er nicht mal darauf antwortete.

»War denn überhaupt einer von uns schon mal bei ihm zu Hause?«

»Ich weiß nicht mal, wo er wohnt«, sagte Tim trocken. Er bekam Durst.

Niemand von ihnen hatte Kai Lichte je besucht. Sie fragten sich, was sie überhaupt über ihn wussten. Ja, er war immer da. Aber er hatte doch nie wirklich dazugehört.

»Er war ein Einzelgänger«, sagte Tim. Es klang wie eine Entschuldigung.

Empört fuhr Lina auf: »Wieso sagst du, er *war* ein Einzelgänger? Noch lebt er doch – oder nicht?«

Sie sah jeden Einzelnen an. Für eine Schrecksekunde lang glaubte sie, die anderen wüssten mehr als sie. Hatte jemand auf dem Handy die Nachricht erhalten, dass Kai ... Sie wollte den Gedanken gar nicht zu Ende denken.

Alle vier warteten noch gut eine Stunde. Sie redeten nicht mehr viel. Jeder war in seine Gedanken versunken. Tim und Doro berührten sich zweimal kurz wie unabsichtlich. Als alle sicher waren, der Putzkolonne nicht mehr zu begegnen, verließen sie den Dachboden.

Doro klebte das Siegel wieder auf. Es war zwar ein bisschen eingerissen und klebte auch nicht mehr gut, aber auf den ersten Blick sah man nichts.

»Bei näherer Betrachtung merkt jeder Polizist, dass das Siegel verletzt worden ist ...«, sagte Lina.

Doro hatte das Gefühl, Lina wollte ihr damit eins auswischen. Patzig konterte sie: »Und wer sagt denn, dass das nicht die Putzkolonne war?«

Lina lachte demonstrativ. »Die Putzkolonne, ja? Hast du dir den Dachboden mal genau angesehen? Da war seit fünfzig Jahren keiner mehr putzen.«

»Stimmt«, sagte Tim.

Doro fand es unnötig, dass er Lina Recht gab.

+ + + kapitel 011 + + +

Es wurde dunkel. Kommissar Lohmann und Annette Köster standen vor dem Polizeiwagen und redeten. Annette Köster wollte weitermachen. Sie begann, sich in den Fall zu verbeißen. Sie spürte, dass ihr Kollege eigentlich keine Lust mehr hatte und für heute Schluss machen wollte.

Sie sprach mit ihm, doch er sah sie nicht einmal an. Lohmann lehnte sich gegen das Auto und war mit den Gedanken ganz woanders. Er fuhr mit der Zunge über die Zähne, tastete das geschwollene Zahnfleisch ab und überlegte, wie er den Fall Kai Lichte loswerden konnte.

Er dachte an den letzten Urlaub in der Schweiz. Zwei Wochen Skifahren. Damals war Gabi noch ganz verliebt in ihn gewesen. Sie wohnten in Chur im Romantikhotel Stern. Jeden Tag fuhren sie mit der Seilbahn rauf nach Brambrüesch. In der Edelweißhütte tranken sie heißen Tee. Er fuhr die Pisten wie früher mit achtzehn. Es war so warm. Er wäre am liebsten in der Badehose Ski gefahren.

Damals war ihm beim Lammbratenessen ein Zahn abgebrochen. Vor Gabi wollte er nicht dastehen wie ein wehleidiges Weichei. Er überwand seine Angst und fuhr zum Zahnarzt nach Landquart. Dr. med. dent. A. Wick. Der kleine, drahtige Mann hatte ihm rasch geholfen, ohne ihm viel Schmerzen zu bereiten. Ja, dachte Kommissar Lohmann, Alfons Wick würde ich mich jederzeit sofort wieder anvertrauen. Vielleicht sollte ich Urlaub in Chur machen und dort zum Zahnarzt gehen. Lohmann malte sich das immer farbenprächtiger aus. Hier herrschte schauriges Aprilwetter mit Stürmen und Regengüssen. In Brambrüesch lag bestimmt noch Schnee. Wenn der Zahnschmerz und der berufliche Stress erst mal weg wären ... Wer weiß, vielleicht würde er sich neu verlieben?

Annette Köster riss ihn aus seinen Träumen: »Wir sollten uns diesen Tim Sommerfeld vornehmen. Lass uns hinfahren. Vielleicht redet er, wenn seine Eltern dabei sind. Wir brauchen Fingerabdrücke und ...«

Kommissar Lohmann winkte ab. »Aber das bringt doch alles nichts. Noch ist das gar kein richtiger Fall. Wenn Kai Lichte wach wird und uns sagt, er sei selbst gesprungen, dann war das alles umsonst.«

Annette Köster atmete schwer aus. Sie lief vor Zorn rot an. Sie wirkte auf Kommissar Lohmann jetzt wie ein Rennpferd, das mit den Hufen scharrt, weil es darauf brennt, endlich zu starten.

»Ich verstehe dich nicht!«, zischte sie. »Ein Kind begeht doch nicht einfach so einen Selbstmordversuch. Wenn die Mutter Recht hat, wurde der Junge von seinen Klassenkameraden dazu getrieben. Wir sollten uns diese Bande wirklich vornehmen. Ich ahne auch, warum die im Krankenhaus waren.«

Kommissar Lohmann sah Annette Köster interessiert an. Sie genoss seine Aufmerksamkeit und fuhr fort: »Sie wollten ihn unter Druck setzen, damit er nicht mit uns redet.«

Kommissar Lohmann gab zu, dass an der Sache etwas dran sein konnte. Er ahnte, dass dieser Fall große Schlagzeilen machen würde. Er sah die Überschriften schon vor sich: *Schüler in den Tod getrieben – Polizei untätig*! Sein Wunsch, den Fall abzugeben, wurde immer größer. Er hatte keine Lust, sich die Finger zu verbrennen.

»Also gut«, stöhnte er, »wenn du unbedingt willst, lass die Spusi anrücken. Sie sollen den Dachboden nach Fingerabdrücken untersuchen.«

Kommissar Lohmann nannte die Spurensicherung stets nur Spusi und die uniformierten Polizisten waren für ihn die Jungs von der Trachtengruppe.

Annette Köster lächelte und wählte die Nummer der Spurensicherung mit einem Tastendruck auf die 2. Das Ganze wurde jetzt zu einem Triumph für sie. Sie war in der Schule selber oft von großen Jungen drangsaliert und verhauen worden. Jetzt war sie erwachsen. Sie würde eingreifen. Sie fühlte sich als Rächerin aller unterdrückten Schüler. Am liebsten hätte sie Tim Sommerfeld gleich verhaftet und dem Jugendrichter vorgeführt. Aber Kommissar Lohmann sagte: »Wir reden zuerst mit dem Klassenlehrer. Diesem Herrn Hügelschäfer.«

Annette Köster stieg ins Auto. Da fügte Kommissar Lohmann sanft hinzu: »Kannst du das nicht ohne mich machen? Ich muss dringend zum Zahnarzt. Dieses Wrack in meinem Mund bringt mich sonst um den Verstand.«

Annette Köster nickte und gab Gas. Es war ihr ganz recht, diesen Hügelschäfer alleine zu befragen. Sie fühlte sich ohne einen schlechten gelaunten Kollegen an ihrer Seite einfach freier.

+ + + kapitel 012 + + +

Lina erzählte ihrem Großvater von seinem Nachfolger, von dem Wolkenbild über dem Kopiergerät, von der peinlichen Begegnung mit Kommissar Lohmann im Krankenhaus und natürlich von Kai Lichtes Unglück. Nur die Sache mit dem Dachboden verschwieg Lina. Ihr Opa war wirklich ein sehr netter Mensch und ein guter Zuhörer. Aber das mit dem Dachboden ging vielleicht doch ein bisschen zu weit. Immerhin hatten sie das Polizeisiegel gebrochen, um überhaupt auf den Boden zu kommen.

Während Lina aufgeregt in schnellen Sätzen sprach, sagte ihr Großvater nur ab und zu »so, so«. Er stand dabei am Herd und machte für Lina Bratkartoffeln mit Spinat und Spiegeleiern. Das hörte sich vielleicht einfallslos an. Aber Lina liebte diese einfachen Speisen von ihrem Opa, und Bratkartoffeln waren fast immer dabei. Bratkartoffeln mit Apfelmus. Bratkartoffeln mit grünem Hering. Bratkartoffeln mit geräuchertem Aal. Bratkartoffeln mit Gartengemüse. Bratkartoffeln mit Kotelett. Bratkartoffeln mit Gurken und Bratkartoffeln mit Forellen.

Wenn es bei Opa Fisch gab, dann war der immer selbst gefangen. Als Angler ging es ihm gegen die Ehre, tiefgefrorene Fische zu kaufen. Unnötig zu erwähnen, dass er nie Fischstäbchen in der Pfanne brutzelte. Er wäre auch nie auf die Idee gekommen, Sushi zu essen, wie Linas Mutter. Die liebte ausgefallene Speisen. Jakobsmuscheln an Weißweinsauce. Gefüllte Wachteln mit Olivenpüree. Safranrisotto mit Steinpilzen und weißen Trüffeln.

Wenn Mama mal kochte, was echt selten vorkam, weil sie fast nie zu Hause war, dann wollte sie immer etwas nachkochen, was sie auf einer ihrer Tourneen im Restaurant gegessen hatte. Sie klagte dann stets, dass es hier ja leider nicht die richtigen Zutaten gab. Im Grunde, dachte Lina, war das aber nur eine Ausrede, weil ihre Mutter schon ahnte, wie alles schmecken würde. Scheußlich!

Opa und Lina zwinkerten sich meist zu und aßen dann tapfer die mit irgendeinem wabbeligen Zeug umwickelten Kartoffelpralinen mit Gänseleberpastete. Oder am schlimmsten – lebende Austern.

Da waren Lina Opas Bratkartoffeln mit Spiegelei lieber. Außerdem redete der nicht immer wie ihre Mutter. Opa hörte seiner Enkelin auch gerne zu.

Er häufte einen Teller voll Bratkartoffeln und legte zwei Spiegeleier darüber. Mit einem Tropfen Ketchup und einer Gewürzgurke formte er daraus ein Gesicht. Er stellte den Teller vor Lina auf den Tisch. Noch bevor er »Guten Appetit« gesagt hatte, begann sie reinzuschaufeln.

Opa machte sich selber auch eine Portion fertig. Stumm aßen beide und tranken dazu kalten Pfefferminztee aus alten Senfgläsern. Nach ein paar Bissen lehnte Opa sich zurück und schnalzte mit der Zunge, als Zeichen, dass es ihm schmeckte. Dann sagte er: »Nun mal ehrlich, meine Kleine. Was verheimlichst du mir?«

Lina verschluckte sich an einem Stück Ei. Sie hustete. Schon stand Opa hinter ihr. Er hatte seine eigene Methode. Wenn sie sich verschluckt hatte, hob er ihre Arme hoch und klopfte ihr dann zwischen die Schulterblätter. Das Stück Eiweiß flog auf den Tisch. Gleich setzte Opa sich wieder, nahm einen Schluck Tee und fragte: »Nun? Raus mit der Sprache. Wenn es niemand wissen soll – du weißt doch, ich kann schweigen wie ein Grab.«

Es hatte eh keinen Zweck, etwas vor ihm geheim halten zu wollen. Er kriegte es sowieso raus.

»Wie machst du das, Opi?«

»Was?«

»Na, woher weißt du, dass ich dir nicht alles erzählt habe?«

Er lächelte geschmeichelt, weil er mal wieder Recht behalten hatte.

»Kind«, sagte er, »ich war vierzig Jahre lang bei der Kripo. Was glaubst du, wie oft ich in der Zeit belogen wurde?«

»Ja, gut. Schon klar. Aber wie habe ich mich verraten? Woran siehst du es?«

Er beugte sich vor und flüsterte, als ob er ein großes Geheimnis verraten würde: »Ich sehe es dir an.«

Das reichte Lina nicht. »Woran erkennst du es? Und jetzt sag bitte nicht, an meiner Nasenspitze.«

»Manchen brach im Verhör der Rechtfertigungsschweiß aus. Dann konnte ich es riechen. Sie haben so viel Adrenalin im Schweiß, dass ...« Opa grinste, denn Lina stecke ihre Nase unter ihre Achselhöhle und sog scharf die Luft ein.

»Stinke ich?«

»Nein«, lachte der Großvater. »Aber du wirst kurzatmig. Da ist etwas, das will raus. Deine Lippen werden ganz schmal, wenn du schweigst, weil du sie so fest zusammenpresst, als ob du Angst hättest, sie könnten von alleine reden.«

Lina war baff. Was ihr Opa alles sah! Aber er war noch lange nicht fertig: »Du sitzt so unnatürlich gerade auf deinem Stuhl, als ob du einen Besen verschluckt hättest. Gar nicht so locker und entspannt wie sonst. Nur die Hälfte von deinem Po berührt den Stuhl, als ob du am liebsten fliehen würdest. Deine Augen ...«

Lina hob die Arme. »Gnade! Ich ergebe mich! Ich gestehe alles.«

Ein spitzbübisches Lächeln huschte über Opas Gesicht. Er kriegte genau mit, wie bewundernd Lina ihn ansah, als sei er ein Zauberkünstler, der gerade aus seinem Hut einen Elefanten geholt hat.

Um seine kleine Vorführung zu vervollständigen, fügte Opa abschließend noch hinzu: »Man muss nur genau hingucken und mit allen Sinnen bei seinem Gegenüber sein. Dann spürt man genau, wann der andere lügt, die Wahrheit sagt oder etwas verschweigt.«

Lina merkte jetzt an sich selbst, dass sie sich anders hinsetzte, als sie beschloss, ihrem Opa die ganze Wahrheit zu erzählen. Sie zog das rechte Knie an, setzte sich auf den rechten Fuß, ließ den linken baumeln und stützte sich mit beiden Ellbogen auf dem Tisch ab. Dann legte sie den Kopf in ihre Hände.

»Wir sind heimlich in die Schule gegangen und haben den Dachboden durchsucht. Und rate mal, was wir da entdeckt haben?«

Aber das interessierte Opa im Moment noch nicht. Er wirkte erschrocken. Er unterbrach seine Enkelin: »Der Dachboden war doch garantiert versiegelt, oder ist mein Nachfolger so ein Trottel, dass er ...«

Lina schüttelte den Kopf. »Nein, Opa. Ist er nicht. Wir haben das Siegel einfach gelöst und dann wieder drangeklebt. Das merkt kein Mensch. Na ja, hoffentlich nicht. Und wenn doch, dann weiß keiner, dass wir es waren.«

Bevor Opa einen kritischen Einwand machen konnte, winkte Lina ab: »Aber das ist doch ganz unwichtig. Du glaubst nicht, was wir entdeckt haben ...«

+ + + kapitel 013 + + +

Kommissar Lohmann saß im Wartezimmer bei Dr. Dohle. Vielleicht habe ich Glück und er ist genauso gut wie Dr. Wick, dachte Lohmann. Wieder tastete er mit der Zunge den kaputten Zahn und das Zahnfleisch ab. Es war immer noch dick. Aber täuschte er sich, oder tat es gar nicht mehr weh? Er hatte die letzte Tablette vor drei oder vier Stunden genommen. Aber der ziehende Schmerz war wie weggeblasen, seit Kommissar Lohmann im Wartezimmer in einer Illustrierten blätterte. Auch dieses dumpfe Dröhnen im Kopf war verflogen. Die Behandlung wirkte scheinbar, bevor sie begann.

Dann ertönten aus dem Praxisraum nervtötende Bohrgeräusche. Kommissar Lohmann wartete auf Schreie oder das Stöhnen von einem Menschen in größter Not. Nichts dergleichen drang aus dem Behandlungszimmer. Nur dieses Bohrgeräusch. Um sich abzulenken, sah er auf das Display von seinem Handy. Er hatte drei neue Nachrichten auf der Mailbox. Kommissar Lohmann hörte die Mailbox über sein Headset ab. Er hatte es immer dabei, um andere Menschen nicht unnötig mit seinen Telefonaten zu belästigen.

Die erste Nachricht ließ ihn hochfahren. Es war eine Ärztin aus dem Krankenhaus. Sie sagte, Kai Lichte habe Wunden und Verletzungen am Körper, die unmöglich von dem Sturz stammen könnten. Der Junge sei mehrfach geschlagen, ja misshandelt worden. An seinem Rücken seien eindeutig Spuren von einem heißen Bügeleisen.

Die zweite Nachricht kam von der Spurensicherung. Atze, der alte Miesepeter, sagte knapp: »Es war jemand vor uns da. Ich nehme an, die letzten Spuren sind beseitigt. Hier steht alles voller Kerzen. Menschliche Organe in Gläsern. Das alles sieht verdammt nach irgendeinem Teufelskult aus oder so einem Mist. Ich würde an der Schule nach Satanisten oder so etwas Ausschau halten. Es gibt Blut an der Wolldecke und auf diesem Bett.«

Als Drittes hörte Kommissar Lohmann die verheulte Stimme seiner Exfreundin Gabi. Lohmann verstand nicht alles. Einerseits sprach sie undeutlich, andererseits ging nebenan das Bohren wieder los. Scheinbar hatte sie Ärger mit ihrem neuen Freund. Lohmann hörte genau, wie sie schrie: »Warum fall ich blöde Kuh immer auf solche Typen rein!? Der Heiner ist auch nicht besser als du!« Sie bot Lohmann an, sich noch einmal mit ihm auszusprechen. Sie nannte sogar zwei Termine. Lohmann verstand die Zeit, aber nicht den Ort.

Er überlegte, was er jetzt als Erstes tun sollte. Er spürte plötzlich die Chance, Gabi zurückzugewinnen. Aber jetzt wusste er nicht mehr, ob er sie noch wollte. Und im Fall Kai Lichte deutete sich eine entscheidende Wendung an. Auf jeden Fall verließ Kommissar Lohmann das Wartezimmer, bevor Dr. Dohle auch nur einen Blick auf seine Zähne geworfen hatte.

Draußen meldete sich pochend der alte Schmerz.

+ + + kapitel 014 + + +

Herr Hügelschäfer bot der Kommissarin ein Glas Saft an. Annette Köster sagte nicht Nein. Dann rückte er seine Brille zurecht und erzählte, wie alles aus seiner Sicht gewesen war. Kai Lichte hätte sich immer wieder mit fadenscheinigen Begründungen vor dem Sportunterricht gedrückt. »Manchmal«, sagte Herr Hügelschäfer verständnisvoll, »schämen sich Jugendliche in dem Alter für ihren Körper. Sie wollen sich nicht mit anderen gemeinsam umziehen oder gar duschen. Ich glaube, bei Kai war das so. Bevor er in die Pubertät kam, war er ein guter Fußballer. Das war vor zwei Jahren plötzlich vorbei.«

Annette Köster mochte die ruhige Art, mit der Hügelschäfer sprach. So einen Lehrer hätte ich auch gerne gehabt, dachte sie. Bestimmt waren ein paar Schülerinnen verknallt in ihn. Ich hätte mich garantiert in ihn verliebt, als ich dreizehn war.

Leider war ihr Klassenlehrer damals kurz vor der Pensionierung gewesen und verglichen mit Herrn Hügelschäfer nicht gerade ein Traumboy, sondern ein Fleischkloß mit Mundgeruch und fettigen Haaren.

»Vielleicht«, sagte Annette Köster, »gibt es ja noch andere Gründe dafür, dass Kai Lichte keine Lust mehr hatte, beim Sport mitzumachen.«

Sie sah Herrn Hügelschäfer fragend an. Er setzte sich bequemer hin, nahm seine Brille ab, putzte mit einem Tuch die Gläser und sprach erst weiter, als er Annette Köster wieder genau sah.

»Worauf wollen Sie hinaus, Frau Kommissarin?«

»Nun, seine Mutter erhebt schwere Vorwürfe. Kai sei von einigen Mitschülern drangsaliert worden.«

Sie hatte viel zu viel ausgeplaudert. Sie musste *ihn* aushorchen. Nicht er *sie*! Es gefiel Annette Köster nicht, dass sich die Situation so umdrehte. Hügelschäfer wurde zum Fragesteller und sie gab die Antworten. Sie war froh, dass Kommissar Lohmann jetzt nicht dabei war. Der hätte das unprofessionell gefunden. Herr Hügelschäfer sah Annette Köster ungläubig an. Er hob die Arme wie zur Abwehr. Dann ließ er sie wieder fallen und blies die Luft aus.

»Sie glauben, er wurde gemobbt? Terrorisiert oder so etwas? Das müssten ja dann seine Klassenkameraden gewesen sein. Beim Sport ziehen die sich ja nicht mit anderen zusammen um.«

Herr Hügelschäfer walkte sich das Gesicht durch. Er wirkte angestrengt auf Annette Köster. Er wollte das alles nicht glauben.

»Ja, vielleicht haben sie ihn gehänselt. Mein Gott, ja. Kinder können in dem Alter grausam sein. Dem einen wachsen schon Schamhaare, dem anderen noch nicht. Das ist auch bei den Mädchen schwierig. Die einen sind noch flach wie ein Brett und den anderen wachsen schon solche Brüste.«

»Wem sagen Sie das?«, stöhnte Annette Köster und fühlte sofort, dass ihre Gesichtshaut zu brennen begann. Verriet sie zu viel über sich? Sie hatte immer darunter gelitten, dass ihr Busen so schnell wuchs und die Jungens aus den oberen Klassen sie anstarrten, als hätte sie gar kein Gesicht.

Sie fragte Herrn Hügelschäfer jetzt ganz direkt: »Hatte Kai Lichte Feinde?«

»Feinde? Herrje, was ist das für ein Wort? Wir sind doch nicht im Krieg.«

»Immerhin liegt ein Opfer auf der Intensivstation.«

Das saß. Hügelschäfer zuckte richtig getroffen zusammen. Er bekam schwitzige Hände und wischte sie an seinen Hosenbeinen ab.

»Kann es sich nicht einfach um einen Unfall gehandelt haben?«

Annette Köster schüttelte den Kopf. »Der Junge hat Verletzungen, die nicht vom Sturz stammen.«

Herr Hügelschäfers Magen krampfte sich zusammen. Er legte unwillkürlich seine rechte Hand auf die Magengegend.

»Ich bin Vertrauenslehrer«, sagte er mit fast geschlossenen Zähnen. »Wenn der Verdacht sich bewahrheitet, habe ich hoffnungslos versagt. Glauben Sie mir! Ich wusste von nichts.«

Annette Köster bat ihn, genau zu schildern, was er an dem Morgen gesehen hatte.

»Sie waren doch zur fraglichen Zeit in der Klasse?«

»Ja, sicher. Ich habe das auch schon alles bei Ihren Kollegen zu Protokoll gegeben.«

Er hob seine Brille von der Nase und hielt sie wie zum Beweis hoch. »Ich habe im Grunde nichts gesehen, obwohl ich am Fenster stand. Jan Silber hat uns ja alle auf Kai aufmerksam gemacht. Plötzlich stürmten alle zu den Fenstern. Ich wollte natürlich auch wissen, was los war.«

»Sie haben aber nichts gesehen?«

»Nein. Zu allem Überfluss goss es ja noch in Strömen.«

»Und was geschah in der Klasse? Hat Kai Lichte geschrien? Wie spät war es genau? Alles ist wichtig!«

Vor Annette Köster stand immer noch das Glas mit dem Saft auf dem Tisch, aber sie rührte es nicht an, obwohl sie durstig war.

»Hm. Erst flogen die Klassenarbeiten durch die Luft, weil es Durchzug gab oder der Wind so ungehindert ins Zimmer pfiff. Dann knallten überall im Gebäude Türen und Fenster zu.«

»Warum?«

»Weil Tim Sommerfeld reinkam. Er hatte den Zug verpasst. Er war klatschnass und total abgehetzt. Er bekam kaum noch Luft.«

Da war wieder dieser Name. Tim. Den hatte doch auch Frau Lichte erwähnt.

Annette Köster hakte nach: »Das heißt, als Kai Lichte vom Dach stürzte, war Tim Sommerfeld gar nicht in der Klasse?«

Für einen Moment verlor Herr Hügelschäfer völlig die Fassung. Seine Gesichtszüge entgleisten. Der Mann, der gerade noch freundlich, hilfsbereit und sehr intelligent ausgesehen hatte, wirkte plötzlich wie ein Idiot auf Annette Köster. Seine Unterlippe hing herunter. Jede Spannkraft war aus seinem Gesicht gewichen. Seine Augen starrten durch Annette Köster hindurch ins Leere.

Nur langsam fing er sich wieder. Er stand auf. Er musste ein paar Schritte hin und her laufen, um sich wieder zu spüren. Dann sagte er: »Das ist ein ungeheuerlicher Verdacht! Sie glauben doch nicht, dass ...« Er mochte es nicht einmal aussprechen.

»Ich denke nur, dass Tim Sommerfeld kein Alibi für die Zeit hat, als Kai Lichte vom Dach sprang ... oder gestoßen wurde.«

Herr Hügelschäfer bekam das Gefühl, Tim mit seiner Aussage geschadet zu haben. Natürlich wollte er gerne zur Aufklärung des Falles beitragen. Aber jetzt wurde das alles plötzlich so monströs. Er wollte doch nicht schuld sein, wenn Tim verhaftet wurde. Das Hemd wurde unter Herrn Hügelschäfers Achseln feucht.

Er rang nach den richtigen Worten: »Ich ... ich weiß nicht ... ob Tim Sommerfeld erst hereinkam, als Kai schon unten lag oder ... ach, mein Gott, das ist ja alles ganz schrecklich. Aber der Junge hätte es doch nie geschafft, vom Dachboden so schnell in die Klasse zu kommen!«

Annette Köster verzog den Mund. »Sagten Sie nicht gerade, Tim Sommerfeld sei total abgehetzt und klatschnass gewesen? Wenn ich mich recht erinnere, sagten Sie sogar, er habe kaum noch Luft bekommen. Er muss also sehr schnell gerannt sein.«

Dann nippte sie an ihrem Saft und sah auf ihre Uhr.

Ihr Handy piepste. Eine SMS von Kommissar Lohmann.

Bitte hol mich ab. Mein Auto ist gegenüber von der Lollo-Bar stehen geblieben.

Sie antwortete ihrem Chef sofort: *Ich kenne keine Lollo-Bar.*

+ + + kapitel 015 + + +

Um nicht so allein zu sein, hatte Tim die Villa seiner Eltern mit lebensgroßen Figuren aus *Star Wars* bevölkert. Normalerweise durften diese Plastikpuppen Tims Zimmer nicht verlassen. Seine Mutter hasste diese Gestalten, aber in seiner Bude durfte Tim machen, was er wollte.

Wenn seine Eltern, wie meistens, zwischen London, Berlin, Rom, Barcelona und Hamburg hin- und herflogen, hatte er das Haus für sich ganz alleine. Das heißt, fast für sich alleine, denn seine Oma Hedwig wohnte in der Zeit immer oben im größten der drei Gästezimmer. Sie musste nicht putzen und auch keine Wäsche waschen. Dafür gab es eine Haushaltshilfe. Außerdem gab es noch einen Gärtner und einen Hausmeister. Die kamen aber alle nur zweimal pro Woche.

Eigentlich wäre Tim gut selbst klargekommen, fand er. Aber seine Oma wollte auf ihn aufpassen. Das sah dann so aus, dass sie ihn morgens weckte, ihm das Frühstück machte und genau darauf achtete, dass er nicht aus dem Haus ging, ohne vorher seinen frisch gepressten Obstsaft getrunken zu haben. Außerdem war Oma Hedwig der Meinung, dass es kaum etwas Gesünderes für Jungen in Tims Alter gab als Eier. Jeden Morgen nötigte sie ihn, zwei Spiegeleier zu essen oder zwei Rühreier oder zwei weich gekochte Eier im Glas mit Tomatensaft. Natürlich waren es Eier vom Biobauernhof. Oma kaufte nur Sachen ein, auf denen *Bio* stand.

Die *Star-War*s-Figuren störten sie nicht. Sie war in einem Haus groß geworden, in dem antike griechische Heldenstatuen – oder zumindest Nachbildungen davon – herumstanden. Ein halbnackter Herkules aus Stein, der die Welt auf dem Rücken trug, spendete in ihrem Garten Wasser. Oma Hedwig fand, die *Star-Wars*-Figuren seien die Heldenfiguren von heute. Darth Vader bewachte den Eingang der Villa gemeinsam mit R2D2. Wenn die Tür geöffnet wurde, ließ Darth Vader seinen berühmten röchelnden Atem ertönen. Oma Hedwig erschreckten solche Späße von Tim schon lange nicht mehr. Sie hatte alle *Star-Wars*-Filme mit ihrem Enkel ein paar Mal angesehen. Die ersten drei fand sie toll. Die letzten gefielen ihr nicht mehr. Zu hektisch und zu viel Geballere.

Tim überlegte, ob er seiner Oma von diesem Tag mit Kais Unfall erzählen sollte. Wem, wenn nicht ihr? Sie wusste mehr von ihm als seine Eltern. Sie war eine kluge, weit gereiste Frau. Sie kannte die Pyramiden in Ägypten, hatte die Inkabauwerke in den Anden besucht und buddhistische Tempel in Indien. Sie hatte für alles Verständnis, wie Tims Vater manchmal vorwurfsvoll sagte. Ihrer Meinung nach sollte jeder versuchen, auf seine eigene Art glücklich zu werden, Hauptsache, er fügte dabei niemandem Schaden zu.

Das Einzige, was Oma verabscheute, war Gewalt. Sie schaltete Boxkämpfe im Fernsehen sofort aus. Liebe zwischen Männern konnte sie akzeptieren – Schlägereien nicht. Vielleicht lag es daran, dass sie als Kind den Krieg miterleben musste. Sie wollte, dass alles friedlich bleibt. Alles andere war für sie verhandelbar. Sie versuchte, die Menschen in ihrer Umgebung zu Vegetariern zu machen, weil ihr die Tiere so Leid taten. Aber sie war auch in der Lage, einen wunderbaren Gänsebraten auf den Tisch zu bringen. Sie aß nur selbst nichts davon.

Tim mochte sie sehr. Aber wie sollte er ihr erklären, was heute passiert war? Er hatte es doch selbst noch nicht ganz kapiert. Er hätte sich ihr gerne anvertraut, aber wo sollte er anfangen?

+ + + kapitel 016 + + +

Als Annette Köster den Wagen am Straßenrand in eine Parklücke fuhr, bestaunte Kommissar Lohmann schon die Marienburger Villa. Er hielt sich eigentlich nicht für einen neidischen Menschen, aber beim Anblick der parkartigen Anlage wurde ihm schlagartig bewusst, dass er es nie, nie im Leben zu so etwas bringen würde. Völlig egal, wie viele Gangster er fing. Nicht einmal sechs Richtige im Lotto würden dafür ausreichen. Da müsste er schon den Jackpot knacken, und daran glaubte er nicht mehr.

Es war schon dunkel. Bewegungsmelder beleuchteten den Kiesweg und ließen die weißen Steine glänzen, als sei jeder einzelne mit der Hand geputzt worden. Fehlt nur noch, dass Geigenmusik erklingt, wenn wir die Stufen hochgehen, dachte Kommissar Lohmann voller Neid und Missgunst. Um so ein Haus in Ordnung zu halten und so einen Garten, war bestimmt eine Menge Personal notwendig. Er stellte sich das alles viel bombastischer vor, als es in Wirklichkeit war. Insgeheim rechnete er damit, dass ihm ein Butler die Tür öffnen würde. Umso erstaunter war er, vor Darth Vader zu stehen. Er sah so verdammt echt aus, und mit seinem Röcheln wirkte er, als sei er geradewegs von der Leinwand ins richtige Leben gesprungen.

Das kurze Zucken von Kommissar Lohmanns Hand zur Dienstwaffe hatte Annette Köster bemerkt, aber sie überspielte die Beobachtung, um die Peinlichkeit für ihren Kollegen nicht noch zu vergrößern. Sie bückte sich zu R2D2, streichelte den kleinen Roboter wie einen lebendigen Haushund und sagte: »Schön, dich zu sehen, R2D2. Ich wusste immer, dass es dich gibt. Ich habe dich schon als Kind geliebt.«

Tim stand hinter der Tür. Er hatte es oft geübt. Er konnte die Tür so öffnen, dass man zunächst nicht ihn sah, sondern Darth Vader und R2D2. Jetzt guckte Annette Köster Tim an und versuchte, in seinen Augen zu lesen, ob ihre Begrüßung von R2D2 auf ihn gewirkt hatte. Sie zwinkerte Tim zu und gab ihm die Hand. »Annette Köster. Du bist bestimmt Tim Sommerfeld.«

»Hm«, antwortete Tim vorsichtig. Er machte einen Schritt rückwärts. Er war misstrauisch. Er glaubte, Annette Kösters freundliches Getue zu durchschauen.

»Spielen Sie jetzt netter Bulle – böser Bulle mit mir?«, fragte Tim.

Diese vorlauten, altklugen Kids konnte Kommissar Lohmann nicht ausstehen. Er fuhr Tim an: »Wir können auch böser Bulle – böser Bulle mit dir spielen!«

Jetzt ging der riesige Kristallkronleuchter an, der in der Eingangshalle von der Decke hing. Oben auf der Treppe zur Galerie stand Tims Oma.

»Sie wünschen?«, fragte sie mit einem Ton, der sofort Klarheit darüber verschaffte, wer hier im Haus das Sagen hatte.

Ohne Eile schritt die hochgewachsene Frau die Treppen herab. Sie guckte dabei geradezu majestätisch. Ganz anders als sonst, wenn Tim mit ihr alleine war. Jede ihrer Bewegungen war auf Wirkung bedacht.

Kommissar Lohmann und Annette Köster stellten sich brav als Kriminalbeamte vor und zeigten ihre Dienstausweise. Hedwig Sommerfeld nahm jeden Ausweis einzeln in die Hand und studierte ihn genau. Sie hätte einen echten nicht von einem unechten Ausweis unterscheiden können, aber darum ging es nicht. Sie prägte sich die Namen und die Dienstnummern ein. Man konnte ja nie wissen ... Dann bat sie die beiden herein.

Im Kaminzimmer, früher Opas Rauchersalon, knisterte kein Feuer, aber es war trotzdem schön warm. Mit großzügiger Handbewegung lud Frau Sommerfeld die Kripobeamten ein, sich in die Ledersessel zu setzen. Sie selbst blieb lieber stehen.

Mit einem Blick deutete sie Tim an, er solle zu ihr treten. Sie legte beide Hände von hinten auf seine Schultern.

Dann sagte sie würdevoll: »Nun, was ist Ihr Anliegen?«

Ihre Hände wirkten beruhigend auf Tim. Seine Knie flatterten. Er hatte Mühe, nicht hin- und herzuwippen. Der Händedruck seiner Oma wurde kräftiger. Sie beugte sich zu seinem Ohr und raunte: »In der Ruhe liegt die Kraft.«

Kommissar Lohmann hielt den Kopf schräg. »Bitte?«, fragte er. Er wollte auf keinen Fall, dass sie sich irgendetwas zuflüsterten.

Tim räusperte sich: »Meine Großmutter hat gesagt: ›In der Truhe steht der Saft.‹«

»Häh? Was?«

Als sei Kommissar Lohmann schwer von Begriff, erläuterte Tim: »Wünschen Sie etwas zu trinken, Herr Kommissar?«

In Anspielung auf den Kaffeeautomaten im Polizeipräsidium fügte Tim hinzu: »Wir haben auch Kaffee.«

Frau Sommerfeld tadelte ihren Enkel demonstrativ: »Und der Dame willst du nichts anbieten?«

Annette Köster hatte im Gegensatz zu Kommissar Lohmann genau verstanden, was Frau Sommerfeld zu ihrem Enkel gesagt hatte. »Haben Sie etwas zu verbergen?«, fragte sie bestimmt.

Frau Sommerfeld lächelte gequält. Dann sagte sie mit leicht gereiztem Unterton: »Ich wäre Ihnen sehr verbunden, wenn Sie uns jetzt mitteilen könnten, warum Sie gekommen sind.«

Kommissar Lohmann und Annette Köster sahen sich an. Mit einem kurzen Blick verständigten sie sich, wer beginnen sollte. Normalerweise eröffnete Kommissar Lohmann die Befragung, wenn sie zu zweit waren. Aber sein Zahnschmerz überwältigte ihn im Moment. Er zog durch den Kiefer bis in die Ohren und von dort hoch bis in die Haarspitzen.

Annette Köster verstand sofort. »Tim, wir haben Grund zu der Annahme, dass du deinem Klassenkameraden Kai Lichte übel mitgespielt hast«, sagte sie und beobachtete jede noch so kleine Reaktion von Tim.

Kommissar Lohmann bekam nichts mit. Der Schmerz übermannte ihn gerade, als hätten all die Tabletten ihn nur noch empfindlicher gemacht.

Für einen Moment wusste Tim keine Antwort. Ihm wurde schwindelig. Die Finger seiner Oma gruben sich in seine Schultern.

»Ich ... ähm ... was?«

»Du weißt genau, wovon ich rede. Haben du und deine Freunde Kai Lichte so lange gequält und geschlagen, bis er vom Dach der Bödecker-Schule gesprungen ist?«

Sie ging forsch ran, fand Kommissar Lohmann. Eigentlich galt *er* ja als der Elefant im Porzellanladen der Ermittlungen, während *sie* die Sensible war, die mit Menschenkenntnis und Einfühlungsvermögen die Leute zum Reden brachte.

Tim antwortete empört: »Nehmen Sie harte Drogen, oder was?«

Insgeheim gefiel Kommissar Lohmann diese Frechheit. Der Kleine ließ seine vorschnelle Kollegin ganz schön auflaufen.

Annette Köster fuhr auf: »Oh nein. Und das weißt du ganz genau. Versuch jetzt nicht abzulenken. Das hilft dir nicht weiter. Kai Lichte hat überall am Körper Wunden von Schlägen. Warst du das?«

»Nein!«, schrie Tim.

»Aber dann kannst du uns doch bestimmt erzählen, wer das war?«

Tim schwieg. Er kaute auf der aufgesprungenen Unterlippe herum. Wieder schmeckte er sein eigenes Blut.

Seine Oma räusperte sich und hielt ihm ein Stofftaschentuch hin. Dann sprach sie mit trockener Stimme: »Tim, ich glaube, du sagst jetzt besser nichts mehr. Ich werde Herrn Cremer anrufen, unseren Anwalt.«

Tim tupfte sich mit dem Taschentuch die Lippen ab. Annette Köster sah, dass darauf die Initialen der Familie gestickt waren und eine Art Wappen. Sie wusste nicht, ob sie das lächerlich finden sollte oder besonders kulturvoll. Sie kannte keinen Menschen, der noch Stofftaschentücher benutzte, und dann auch noch mit Familienwappen. Diese Dinger mussten gewaschen werden und gebügelt. Wer nahm sich für so etwas Zeit? Es gab doch in jedem Supermarkt Papiertaschentücher.

»Sie denken«, stellte Tim fest, »dass jemand Kai in den Tod getrieben hat?«

»Hast du Kai Lichte am Morgen in der Schule gesehen, bevor er vom Dach gestürzt ist?«

Tim schüttelte den Kopf. Er war empört über die Verdächtigungen. Er hätte heulen können vor Wut.

»Wir glauben«, sagte Kommissar Lohmann und versuchte, den Schmerz zu unterdrücken, »dass auf dem Dachboden der Schule schwarze Messen gefeiert wurden oder irgend so ein Mist. Warst du daran beteiligt?«

Frau Sommerfelds Gehirn bekam plötzlich nicht mehr genug Sauerstoff. Alles um sie herum begann zu trudeln. Sie hörte ganz weit weg Tims Stimme. Es war ein Schrei der Empörung: »Nein! Das war ich nicht!«

Tims Großmutter fiel um wie ein Baum. Sie schlug hart auf dem Boden auf.

Tim hatte Angst um seine Oma. Sie war völlig weggetreten.

Annette Köster rief über ihr Handy einen Notarzt.

+ + + kapitel 017 + + +

Sie trafen sich kurz vor Mitternacht in Tims Villa. Oma Sommerfeld lag noch zur Beobachtung im Krankenhaus. Tim hatte Doro, Jan und Lina per SMS informiert.

Doro hatte ihre Eltern seit drei Tagen nicht mehr gesehen. Sie waren auf irgendeiner unheimlich wichtigen Computermesse.

Jan musste sich heimlich fortschleichen, aber darin war er gut. Sein Vater schnarchte so laut, dass seine Mutter mit Ohrstöpseln schlief. Das machte alles leichter für Jan.

Lina kam mit ihrem Opa. Das heißt, er fuhr sie hin. Am liebsten hätte er an dem Gespräch teilgenommen. Aber dann bat Lina ihn, doch lieber im Auto auf sie zu warten. Sie wusste nicht, wie die anderen auf ihren Opa reagieren würden. Immerhin war er ein Erwachsener und außerdem noch ein ehemaliger Kripobeamter. Günter Grün sah hinter seiner Enkeltochter her, wie sie über den Kiesweg zur Villa ging. Es fiel ihm schwer, aber er blieb im Auto sitzen. Großväter, dachte er, müssen geduldige Menschen sein. Damit Vögel flügge werden können, brauchen sie ein festes Nest. Er wollte Lina dieses Nest geben. Von ihren Eltern erwartete er nicht allzu viel. Linas Vater hatte sich schon kurz nach ihrer Geburt verabschiedet. Ihre Mutter schwirrte als Schauspielerin zwischen verschiedenen Engagements herum, immer auf der Jagd nach einem Erfolg, den sie seiner tiefen Überzeugung nach nie haben würde. Aber das sagte er nicht.

Günter Grün schaltete das Autoradio ein und machte es sich in seinem Sitz bequem. Er richtete sich darauf ein, hier eine gute halbe Stunde zu warten. Vielleicht länger. Durch die Windschutzscheibe sah er den Sternenhimmel. Seine Frau kannte alle Sternbilder. Sie hatte ihm oft die Zeichen erklärt. Aber er hatte sie vergessen.

Jan besuchte Tim zum ersten Mal. Sie lebten in völlig verschiedenen Stadtteilen. Tim in Marienburg. Jan in Mülheim. Das große Haus beeindruckte Jan wenig. Aber als *Star-Wars*-Fan stand er staunend vor den lebensgroßen Filmfiguren. Er hatte auch *Star-Wars*-Figuren. Sie standen bei ihm im Buchregal. Keine größer als fünf Zentimeter. Jetzt erinnerte er sich an ein Gespräch mit Tim vor gut einem Jahr. Damals hatte Tim gesagt, er sammle *Star-Wars*-Figuren. »Ich auch«, hatte Jan stolz geantwortet und Tim angeboten, ein paar Figuren zu tauschen. Er wurde sogar jetzt noch verlegen, wenn er daran dachte. Zum Glück war Tim nicht auf den Vorschlag eingegangen. Wahrscheinlich ahnte Tim damals schon, dass sie nicht die gleichen Figuren sammelten.

Tim hatte die Buchenholzscheite im Kamin angezündet. Er wusste, wie beruhigend ein Blick in die Glut war. Und sie alle brauchten jetzt gute Nerven.

Doro sah ziemlich mies aus. Sie hockte mit hochgezogenen Beinen nah am Kamin auf dem Fell und kaute auf den Fingernägeln herum. Die langen roten Haare hatte sie wie einen schützenden Vorhang um ihre Schultern verteilt.

Tim breitete die ganze schreckliche Wahrheit vor seinen Freunden aus: »Auch wenn dieser Kommissar Lohmann ein Volltrottel ist, eins steht fest: Irgendjemand hat Kai übel mitgespielt. Er muss geprügelt worden sein, bevor er ...« Tim verschluckte den Rest lieber. »Leute, wir reden hier nicht über eine Ohrfeige. Er muss richtige Narben haben. Auf dem Rücken und überall. Als sei er gepeitscht worden.«

Doro standen Tränen in den Augen. Sie konnte sich alles so plastisch vorstellen. Vor ihrem inneren Auge sah sie Kai. Er wurde geschlagen. Sie sah aber nicht, von wem. Peitschenhiebe kamen wie aus dem Nichts. Sie schüttelte sich, um die Bilder loszuwerden. Sie fror, obwohl sie nah am Feuer saß.

»Er hatte auch Verbrennungen. Ich habe genau gehört, wie Kommissar Lohmann mit seiner Kollegin gesprochen hat. Sie hatten sogar Fotos.«

»Du lügst!«, schrie Doro und wusste doch, dass er die Wahrheit sagte.

Jan starrte ins Feuer. Ihm war, als könne er in den Flammen Kai Lichtes schmerzverzerrtes Gesicht sehen. Ein glühendes Holzscheit zerfiel. Ein paar Funken sprühten hoch.

»Es ist leider wahr. Sie haben mich ins Krankenhaus begleitet, zu meiner Oma, und dann mit zur Polizei genommen.«

Tim zeigte seine Fingerspitzen zum Beweis vor. Sie waren schwarz. »Sie verdächtigen mich, diese Idioten! Es ist unfassbar! Sie haben sogar Fingerabdrücke von mir genommen. Wie von einem Kriminellen.«

Tim zitterte vor Wut. So etwas war ihm noch nie passiert. Vermutlich noch keinem Sommerfeld. Er konnte sich nicht vorstellen, dass man seinem Vater oder seinem Großvater schon mal Fingerabdrücke abgenommen hatte.

Lina war sich nicht sicher, ob Kommissar Lohmann und Annette Köster das überhaupt durften. Einen Augenblick überlegte sie, zu ihrem Opa rauszugehen und ihn zu fragen.

Jan stierte einfach weiter ins Feuer, als könne dort gleich die Lösung aller Probleme in Leuchtschrift erscheinen. Ohne die anderen anzusehen, sagte er: »Leute, wir sitzen voll in der Scheiße. Die verdächtigen uns. Und wenn sie Tims Fingerabdrücke auf dem Dachboden finden, wird es nicht besser.«

»Aber da sind ja meine auch!«, entfuhr es Doro.

»Und meine auch«, sagte Lina trocken.

Plötzlich kam Bewegung in Jans Körper. Jetzt sah er nicht mehr ins Feuer. Er packte Tim, zog ihn zu sich und fauchte: »Was war mit dir und Kai? Was ist da gelaufen? Wieso belastet seine Mutter dich? Die Polizei nimmt dich doch nicht einfach so mit!«

Tim stieß Jan zurück. »Lass mich los! Spinnst du?!«

Aber sofort packte Jan wieder zu. Er riss an Tims Kleidung. »Wir haben ein Recht, das zu erfahren! Du reitest uns alle mit rein! Glaubst du, nur weil ihr reich seid, kannst du dir alles erlauben? Mit eurem Scheißgeld kannst du mich überhaupt nicht beeindrucken!«

Diesmal reagierte Tim heftiger. »Fass mich nicht an!« Er schlug Jans Hand weg.

Jan wollte sich nicht so einfach abwimmeln lassen. Schon kämpften die zwei.

Jan war wütend auf sich selbst. Warum hatte er das gesagt? Die Mädchen wussten jetzt genau, dass er neidisch auf Tim war. In der Schule spielte Tim immer den Normalo. Lief in verwaschenen Jeans rum. Trug bunte T-Shirts und ausgeleierte Kapuzenpullis. In Wirklichkeit grinst der über uns, dachte Jan. Der muss sich keine Sorgen machen, ob er später eine Lehrstelle findet oder einen Job. Dafür wird Papi mit seinem Geld und seinen Beziehungen schon sorgen.

Jan knallte Tim die Faust ins Gesicht. Er wollte seine Nase treffen, aber Tim wich dem Boxhieb aus. So landete die Faust nicht auf Tims Nase, sondern krachte gegen Tims Wangenknochen. Die Haut darüber riss ein.

»Hört auf!«, schrie Lina. »Aufhören!« Sie ging dazwischen.

Doro blieb zusammengekauert sitzen. Sie sah keinen Sinn darin einzugreifen. Für sie verdunkelte sich gerade die Welt. Alles schien ihr sinnlos und öde. Mittendrin in all dem Elend saß sie mit ihren Freunden und wurde verdächtigt, Kai terrorisiert zu haben. Sie hatte keine Ahnung, wie sie sich gegen diese Anschuldigungen wehren sollten – und nun prügelten sich auch noch Jan und Tim. Doro kam sich vor, als würde sie zu einem Stein werden. Ja, vielleicht war es sowieso das Beste, zum Stein zu werden. Ohne Gefühle, ohne den Zwang zu handeln, nichts spüren außer Wärme und Kälte.

Jetzt rangen Tim, Jan und Lina miteinander. Lina drückte sich zwischen die zwei. Dadurch bekam Jan nicht nur einen Stoß von Tim gegen die Brust, sondern auch noch einen von Lina. Jan strauchelte, fiel rückwärts und landete fast im offenen Kamin. Fast. Er breitete die Arme aus und fing sich so gerade noch an dem gemauerten Rahmen ab. Doch sein Pullover fing Feuer.

Lina riss ein Kissen hoch und versuchte, damit die Flammen auf Jans Pullover zu ersticken. Sie prügelte regelrecht mit dem Kissen auf Jan ein. Aber das Feuer war plötzlich überall.

Jan kreischte. Tim zerrte ihn zum Badezimmer. Jan verstand nicht, dass Tim ihm helfen wollte. Er schlug nur noch um sich, denn er sah im Fenster, dass die Flammen nach seinen Haaren griffen. Schon war Tim im Bad und hob den Duschkopf vom Halter. Er schaltete das kalte Wasser ein und versuchte, mit dem Strahl bis zu Jan zu kommen. Aber der Schlauch war zu kurz. Tim konnte das Bad nicht mit der Brause verlassen. Trotzdem hielt er den Strahl hoch und brüllte: »Schnell! Komm schon, du Idiot!«

+ + + kapitel 018 + + +

Günter Grün saß im Auto, hörte Shampoowerbung und wartete auf seine Enkelin. Da sah er im Fenster der Villa eine brennende Person. Jemand fuchtelte mit den Armen. Sein Oberkörper brannte.

Günter Grün war zu lang Polizist gewesen, um jetzt nicht zu reagieren. Er handelte automatisch. Er musste dabei nicht denken. Es geschah alles wie von selbst. Noch während er aus dem Auto sprang, zog er sein Handy. Er rannte zur Villa und drückte dabei den Notruf der Feuerwehr. Er trat die Tür ein und gab dabei seinen Standort durch. Dann stürmte er in die Villa. Er krachte zunächst gegen Darth Vader. Dann stolperte er über R2D2.

Doro war doch nicht zum Stein geworden. Im Gegenteil. Sie kämpfte jetzt dagegen an, nicht wieder zu hyperventilieren. Ihre Lunge brannte schon. Ihre Atmung hörte sich auch nicht gesünder an als die von Darth Vader. Als sie den brennenden Jan sah, stiegen aus ihrer Erinnerung Horrorbilder auf, die schlimmer waren als die Wirklichkeit. Sie hatte mit ihrem Vater *Carrie* von Stephen King gesehen. Für Doro brannte nicht nur Jans Pullover. Für sie verwandelte sich das ganze Haus in eine Flammenhölle. Sie kreischte, als ob sie selber brennen würde.

Günter Grün stolperte ins Kaminzimmer. Er sah zunächst nur Doro schreiend mit geschlossenen Augen am Feuer sitzen. Dann hörte Günter Grün durch das nervtötende Kreischen von Doro den Lärm aus dem Bad. Er rannte hin. Jan kniete am

Boden vor der Toilette. Tim hielt den Strahl der Dusche weiterhin auf Jans Rücken. Jans krause Haare sahen schwarz und verkokelt aus. Der Geruch von verbrannter Baumwolle mischte sich mit dem von zitronenfrischen WC-Duftsteinen.

Günter Grün rutschte auf den glatten Badezimmerkacheln aus. Er versuchte sich festzuhalten. Mit der Linken griff er ins Leere, mit der Rechten erwischte er ein blaues Badetuch. Lina umklammerte ihren Großvater mit beiden Armen, aber sie konnte ihn nicht halten. Sie glitschte selbst auf dem nassen Boden aus. Außerdem war Opa Günter fast dreimal so schwer wie sie selbst. Gemeinsam krachten sie auf den Boden. Zum Glück fiel Lina auf ihren Opa und nicht umgekehrt. Er war zwar schon Rentner, aber als ehemaliger Judokämpfer immer noch recht sportlich. Mehr als blaue Flecken holte er sich nicht.

Als Tim, Jan, Lina und Opa Günter aus dem Badezimmer kamen, war Doro heiser. Sie röchelte, als hätte sie eine schwere Lungenentzündung. Das Weiße in ihren Augen wirkte rot. Viele kleine Äderchen darin waren geplatzt. Sie war aber froh und erleichtert, diesmal nicht hyperventiliert zu haben.

Günter Grün wischte sich die nasse Kleidung ab, zog den Stoff zurecht und räusperte sich.

»Was machen *Sie* denn hier? Sie ... Sie sind nicht mehr im Dienst!«, stellte Tim fest.

»Stimmt. Ich bin ja auch nicht gekommen, um euch zu verhaften. Ich sah eine brennende Person und wollte ...«

»Löschen?«, fragte Jan.

»Helfen!«, konkretisierte Günter Grün. Er sah seine Enkelin an. In was war sie da hineingeraten? Er glaubte fest daran, dass sie unschuldig war. Aber bei den anderen war er sich nicht ganz so sicher.

»Was ist passiert?«, fragte Günter Grün.

Für einen Moment befürchtete Tim, Jan könnte auf ihn zeigen und sagen: Er hat mich ins Feuer gestoßen! Aber stattdessen sagte Jan: »Ich bin gefallen und dabei muss wohl ... das Feuer ... also ... der offene Kamin ...«

»Tim hat ihn gerettet«, flötete Lina ein bisschen zu begeistert.

»Das stimmt nicht!«, kreischte Doro. »Seid ihr alle blöd oder nur verlogen, oder was? Die beiden haben sich gekloppt!«

Doro kam sich vor wie eine Verräterin. Was machte sie hier? Beschuldigte sie Tim, weil sie ihm schaden wollte? War sie sauer auf ihn, weil er Lina so viel Aufmerksamkeit schenkte? War sie nicht mehr verliebt in ihn? Nein, es ging hier einfach nur um die Wahrheit. Durfte man nicht mehr die Wahrheit sagen, wenn man verknallt war?

Lina versuchte mit einem Blick auf ihren Großvater alles runterzuspielen: »Bei uns liegen ziemlich die Nerven blank, Opa.«

Er nickte verständnisvoll. »Ja. Das sehe ich. Und außerdem gehört ihr alle längst ins Bett.«

Doro atmete schwer aus. »Nein!«, sagte sie. »Geschlafen haben wir lange genug. Wir sollten endlich wach werden!«

Tim fragte: »Wie meinst du das? Wach werden?«

Das interessierte auch Lina. So aufbrausend kannte sie Doro gar nicht. Es war, als würde gleich etwas aus ihr herausbrechen, das sie lange unterdrückt hatte.

Günter Grün streckte sich. Er war stolz auf seinen gelenkigen Rücken. Aber jetzt schmerzte er im unteren Bereich. Günter Grün kannte das. Der Schmerz kam, wenn er sich Sorgen machte. Sorgen um seine Tochter, seine Enkelin oder einen guten Freund. Wenn er seinem Rücken trauen durfte, steckte Lina ganz schön in Schwierigkeiten.

Doro baute sich groß vor den anderen auf. Sie wollte auf keinen Fall übersehen werden. »Es ist doch so! Irgendjemand hat unseren Klassenkameraden Kai geschlagen und gequält – und wir haben alle nichts gemerkt!«

Betretenes Schweigen. Jan sah auf seine Füße.

Doro schluckte schwer. »Ich blöde Kuh hab ihn überhaupt nicht beachtet. Ich bin mir nicht mal sicher, ob er letzte Woche zur Schule gekommen ist. Wahrscheinlich habe ich zu Hause an meinem Scheißcomputer gesessen, während er vor Angst fast gestorben ist und einen Freund brauchte.«

»Er ... er hat ein paar Mal bei mir geschlafen«, sagte Jan, als sei das eine Entschuldigung.

»Und?«, fuhr Doro ihn an. »Hast du mit ihm geredet?«

»Er war sehr verschlossen, das wisst ihr alle. Reden war nicht gerade sein Ding. Wenn er bei mir war, haben wir Fernsehen geguckt oder ...«

»Ach, hör doch auf!«, schrie Doro. »Sag doch die Wahrheit! Dir war er auch nur lästig! Der große Schweiger, dem man immer die Würmer einzeln aus der Nase ziehen musste. Wir haben uns doch alle nicht für ihn interessiert.«

Jan fühlte sich heftig von Doro angegriffen. Er brüllte zurück: »Er hat sich auch nicht für uns interessiert! Weißt du, wie mühsam das ist, mit dem ein Gespräch in Gang zu halten? Ich bin doch nicht sein Alleinunterhalter!«

»Spiel dich bloß nicht auf, Doro!«, zischte Lina. »Sei doch mal ehrlich zu dir selbst. Wenn er dich gefragt hätte, ob du mit ihm ins Kino gehst oder in die Eisdiele – hättest du Ja gesagt?«

»Nein, hätte ich nicht«, gab Doro getroffen zu. Ihre Augen füllten sich mit Tränen.

Opa Günter mischte sich ein. Er wendete sich an Jan: »Wenn Kai Lichte bei dir geschlafen hat, wird er ja wohl kaum in seinen Straßenklamotten ins Bett gegangen sein. Hast du denn Wunden oder Verletzungen an seinem Körper gesehen, Jan?«

Jan dachte nach. Er erinnerte sich. »Jetzt, wo Sie es sagen ... fällt mir auf, er war immer sehr schamhaft. Er ging zur Toilette, um sich den Schlafanzug anzuziehen.«

»Ja!«, sagte Tim. »Ich habe ihn auch nie ausgezogen gesehen. Ich dachte immer, der schämt sich.«

»Das hat er auch«, vermutete Lina. »Aber wohl nur wegen seiner blauen Flecken und ...«

»Aber«, fragte Doro scharf, »warum hat er niemandem etwas gesagt?« Sie beantwortete die Frage selbst. »Weil er Angst hatte vor seinem Peiniger. Er wollte ihn nicht verraten. Da hat er lieber weiter gelitten.«

»Aber warum?«, wollte Tim wissen.

»Aus Angst natürlich«, sagte Lina.

»Aber vor wem sollte er solche Angst haben? Wer ist das Monster an unserer Schule?«, fragte Jan voller Wut.

Mit offenem Mund zeigte Tim auf das Fenster. Draußen hielten zwei Wagen der Feuerwehr mit Blaulicht. Ein paar Feuerwehrleute rannten auf die Villa zu.

»Ach ja«, stöhnte Günter Grün. »Das habe ich ja völlig vergessen!«

Mit erhobenen Armen lief er den Feuerwehrleuten entgegen. Es war ihm unglaublich peinlich. Gerade er als ehemaliger Kripobeamter stand jetzt da wie einer, der aus Spaß einen Alarm ausgelöst hat. Er wollte sich entschuldigen und die Feuerwehrleute mit zwanzig Euro für die Kaffeekasse nach Hause schicken. Aber der Chef der Einsatztruppe, Erich Mühlsack, war gar nicht begeistert, als Günter Grün ihm einen Geldschein in die Hand drückte.

Erich Mühlsack war der kleinste Feuerwehrmann von Köln, aber keiner hatte hier vor Ort mehr zu sagen als er. Das war schon immer so gewesen für ihn. Er hatte ausgesehen wie ein Schüler aus der 4 a, war aber Klassensprecher der 7 b gewesen. Er sprach in kurzen, knappen Sätzen, laut und deutlich. Da er selbst seit Jahren schwerhörig war, glaubte er, alle Menschen könnten schlecht hören. Also brüllte er grundsätzlich. Das war keineswegs böse gemeint. Erich Mühlsack brüllte auch seine Frau gern an: »Ich liebe dich!« Wenn er seinen Kindern »Frohe Weihnachten!« ins Ohr schrie, begannen sie vor Schreck zu weinen.

Günter Grün war zwei Köpfe größer als Erich Mühlsack. Der reckte sein Kinn vor und sah zu Günter Grün hoch. Er hielt den Geldschein in der Hand wie ein Beweisstück und wippte in seinen knatschenden Gummistiefeln auf und nieder: »Und damit – glauben Sie – ist die Sache erledigt?«, kreischte Erich Mühlsack. Er fuchtelte mit dem Euroschein vor Günter Grüns Nase herum.

Günter Grün unterdrückte den Impuls, Erich Mühlsack den Geldschein aus der Hand zu reißen. Stattdessen beugte er sich vor, um den Namen auf Erich Mühlsacks Jacke lesen zu können. Er wollte ihn persönlich anreden. Günter Grün wusste aus Erfahrung, dass so etwas die Menschen meist milde stimmte.

»Ich wollte Sie nicht beleidigen, Herr Müllsack. Ich wollte nur nett sein und mich für die Mühe bedanken, die Sie sich gemacht haben.«

Mühlsack wurde nicht zum ersten Mal im Leben Müllsack genannt. Beim letzten Mal hatte es sein Nachbar gewagt. Der wohnte jetzt nicht mehr da. Erich Mühlsack hatte ihm das Leben so lange zur Hölle gemacht, bis er ausgezogen war.

Erich Mühlsacks Stimme überschlug sich: »Wissen Sie, was so ein Einsatz kostet? Wir sind mit Spritzen und Leiterwagen ausgerückt! Glauben Sie wirklich, das ist mit zwanzig Euro erledigt? Ich könnte Ihnen eine Rechnung über vierhundert schicken und außerdem eine Strafanzeige machen!«

Günter Grün schluckte. »Nun lassen Sie mal die Kirche im Dorf, Herr Müllsack. Ich bin Kriminalbeamter. Da drin ist ein Junge in den offenen Kamin gefallen. Ich habe es gesehen. Jetzt ist wieder alles okay. Das Feuer ist schon gelöscht.«

»Ausweis!«, forderte Erich Mühlsack knapp.

Günter Grün zeigte seinen Personalausweis vor. Erich Mühlsack schüttelte den Kopf: »Dienstausweis!«

»Ich bin inzwischen pensioniert«, sagte Günter Grün.

Erich Mühlsack nickte hektisch. »Dachte ich mir doch. Auch noch falsche Personalienangabe.«

Günter Grün ging sofort in Verteidigungsstellung: »Ich habe keine falschen Angaben gemacht.«

Erich Mühlsack stemmte seine Fäuste in die Hüften. »Erst falscher Alarm, dann falsche Personalienangaben.«

»Herrje, sind Sie begriffsstutzig, Herr Müllsack! Es war kein falscher Alarm und meine Personalien stimmen auch!«

Erich Mühlsack reckte seinen Hals mit einer schraubenden Bewegung hoch, als ob ihm der Hemdkragen zu eng geworden wäre.

»Also auch noch Beamtenbeleidigung.«

»Wieso habe ich Sie beleidigt?«, fragte Günter Grün. Er stieß sauer auf. Seinem Magen bekam das Ganze überhaupt nicht.

»Sie haben ›begriffsstutzig‹ zu mir gesagt. Und ›Müllsack‹.«

»Heißen Sie denn nicht so?«

»Neeein!«, brüllte Erich Mühlsack. »Ich heiße Mühlsack, Sie Blindfisch!«

»Das konnte ich nicht lesen! Ihre Jacke ist dreckig.«

Jetzt reichte es Erich Mühlsack endgültig. »Unsere Uniformen werden ordnungsgemäß gereinigt. Außerdem habe ich mich mit meinem Namen vorgestellt!«

Günter Grün konnte sich nicht daran erinnern, aber er schnauzte jetzt zurück: »Sie nuscheln!«

Erich Mühlsack bekam kaum noch Luft. »Ich nuschle nicht!«, brüllte er. »Ich rede laut und deutlich!«

Grinsend legte sich Günter Grün eine Hand hinters Ohr und fragte: »Was haben Sie gesagt?«

+ + + kapitel 019 + + +

Jan, Tim, Doro und Lina standen am Fenster und sahen zu. Tim wischte seine feuchten Handflächen an den Hosenbeinen ab und fragte leise: »Wird dein Opa uns Probleme machen?« Bevor Lina antworten konnte, zischte Jan: »Sag uns lieber, welche Probleme du Kai gemacht hast!«

»Mensch, hör auf!«, verteidigte Tim sich. Dann atmete er stöhnend aus und sagte: »Also gut. Ich hatte Krach mit Kai. Ich habe ihn in Bio nicht abschreiben lassen. Deshalb gab es Ärger zwischen uns.«

Damit gab Jan sich nicht zufrieden. »Wieso hast du ihn nicht abschreiben lassen?«

Jetzt empörte Tim sich: »Na hör mal, bin ich neuerdings verpflichtet, jeden abschreiben zu lassen?«

»Du kannst ihn nicht leiden. Das ist es!«, behauptete Jan.

»Ja. Stimmt, er ist nicht gerade mein Freund, aber ... ihr wisst doch, dass ich kein Schläger bin! Ich habe ihm bestimmt keine Wunden zugefügt!«

Jan stieß Tim weg. »Ja! Das haben wir gerade alle gesehen, wie beherrscht und friedlich du bist. Ich wäre fast verbrannt, du Arsch!«

Wieder ging Lina dazwischen. Sie stellte sich vor Tim und fuhr Jan an: »Schluss damit! Du kannst Tim nicht einfach so verdächtigen! Denk doch mal nach! Wer immer Kai so übel zugesetzt hat, er hat es abends getan oder nachmittags oder nachts! Nicht in der großen Pause und auch nicht auf dem Schulweg!«

»Wie kommst du da drauf?«, fragte Jan.

»Na, weil Kai sich in der Schule versteckt hielt. Wovor immer er Angst hatte, es war nicht in der Schule«, folgerte Lina. »Die Schule war sein Zufluchtsort.«

»Hm«, sagte Tim, »da kannst du Recht haben. Aber das können wir nicht beweisen.«

Doro war beeindruckt davon, wie sehr Lina sich für Tims Unschuld einsetzte. Wollte sie damit bei ihm punkten oder war es nur ein logischer kriminalistischer Gedankengang, dem sie folgte? Lina war gut darin, aus einer Sache eine zweite abzuleiten.

»Irgendwem muss er sich doch anvertraut haben. Man platzt doch, wenn man alles nur in sich reinfrisst«, sagte Doro, um überhaupt wieder mitzureden. Sie fragte sich, ob sie nach ihrem Ausbruch von den anderen noch ernst genommen werden würde.

Schlagartig hatte Lina es: »Ein Tagebuch! Er wird ein Tagebuch haben!«

Jan stimmte zu: »Ja. Kai ist genau so ein Tagebuchtyp. Still. Zurückgezogen. Der hat sich seinem Tagebuch anvertraut.«

Jetzt zog Lina ihre eigene Idee in Zweifel: »Das Tagebuch hätten wir bestimmt auf dem Dachboden gefunden. Das hätte er mit in sein Versteck genommen. Es ist wie ein guter Freund. Man will es immer bei sich haben.« Jan glaubte, aus Linas Worten herauszuhören, dass sie selbst Tagebuch führte oder es zumindest mal eine Weile getan hatte.

Doro klatschte in die Hände: »Ich habs. Es ist völlig klar! Er hat sein Tagebuch im Computer. Er hat zu Hause eine Riesenkiste stehen. So ein altes Monstrum. Er hat mich gefragt, ob ich ihm aus dem Laden meiner Eltern ein paar Computerteile billiger besorgen könnte. Er wollte den Festplattenspeicher vergrößern, brauchte ein neues Antivirenprogramm und ...«

»Hast du ihm die Teile besorgt?«, fragte Jan merkwürdig angriffslustig.

Es tat Doro gut, wahrheitsgemäß antworten zu können: »Na klar. Er hat sich manchmal mit Fragen an mich gewendet, wenn seine Kiste zu spinnen begann.«

Triumphierend warf sie ihre Haarpracht zurück. Immerhin, sie hatte mal etwas für Kai Lichte getan. Damals war es für sie belanglos gewesen. Sie hatte es auch eigentlich längst vergessen, nur jetzt, da plötzlich jedes kleine Detail wichtig wurde, erinnerte sie sich.

»Wenn wir seinen Computer hätten, wüssten wir mehr«, stellte Lina fest.

»Ja, sollen wir bei ihm einbrechen und den Computer klauen, oder was?«, fragte Tim ratlos.

»Das ist doch endlich mal wieder ein guter Vorschlag«, sagte Jan.

Alle sahen ihn groß an. Es schien sein Ernst zu sein.

Die Feuerwehr rückte ab. Opa Grün kam zur Villa zurück.

»Kein Wort davon zu Opa!«, zischte Lina. »Der flippt sonst total aus. Wir sollten sein Verständnis nicht überstrapazieren.«

+ + + kapitel 020 + + +

Doro wurde mit Fieber wach. 38,6. Sie entschied sich, nicht zur Schule zu gehen. Sie wusste, dass sie keine Tabletten brauchte. Sie ging auch nicht zum Arzt. Sie zog sich warm an, band ihre Haare hinten mit einem Tuch zusammen und besuchte Kai Lichtes Mutter.

Es war kurz vor zehn, als sie dort klingelte. In der Bödecker-Schule war die erste große Pause gerade beendet.

In der Intensivstation bekam Kai Lichte eine neue Infusion. Die Krankenschwester, die sein Bett heute Morgen schon um sechs gemacht hatte, streichelte über sein Gesicht. Sie wusste nicht, warum. Sie tat es einfach. Sie hoffte, dass er es spüren würde. Er zeigte keine Reaktion. Aber sie war sich sicher, es heute Abend bei Dienstschluss noch einmal zu machen, bevor sie das Krankenhaus verließ.

Doros Knie zitterten. Sie drückte den Klingelknopf zum zweiten Mal. Diesmal ließ sie es länger läuten. Dann, sie wollte gerade gehen, hörte sie etwas hinter der Tür. Es war ein Schlurfen. Ein schwerer Gang. So als würde jemand ein Bein nachziehen. Die Tür wurde schwungvoll geöffnet, aber durch eine Kette hart gebremst.

Doro hörte die Stimme von Frau Lichte: »Moment ... Ich ... Mist. Das Scheiß-Schloss!«

Die Tür wurde wieder zugeschlagen. Doro hörte eine Kette und dann öffnete Frau Lichte erneut. Sie stand im Türrahmen und lächelte Doro gequält an. »Ist was mit Kai?«, fragte sie unvermittelt.

Doro schüttelte den Kopf. »Nein. Ich ... heiße Doro Mayer. Mayer mit Ypsilon. Ich bin eine ... Freundin von Kai. Also, Freundin ist vielleicht übertrieben, aber ich … habe ihm ein Computerprogramm geliehen ... und ... ich brauche es zurück ... also, ich kriege echt Ärger, wenn ich es nicht bald ...«

Doro hatte das Gefühl, knallrot anzulaufen. Wahrscheinlich sah Frau Lichte ihr an, dass sie log, dachte sie. Aber ihre Sorgen waren unbegründet. Frau Lichte ließ sie in die Wohnung. Es roch nach Vanille und Flieder, als hätte jemand zu viel Raumspray versprüht. Vielleicht war auch ein Parfümfläschchen ausgelaufen. Frau Lichtes Haare standen fast elektrisch ab. Ihr Make-up war verschmiert und verlaufen.

»Komm ruhig rein, Kind. Ich verstehe nichts von Computern. Aber du kommst bestimmt selbst klar ...«

Frau Lichte brachte Doro in Kais Zimmer. »Ich hatte eine grauenhafte Nacht«, sagte sie. »Ich habe gegen Morgen zwei Schlaftabletten genommen. Wie sollte ich auch schlafen können? Sobald ich die Augen zumache, sehe ich Kai vor mir. – Nimm dir, was du brauchst. Ich fahre gleich zu Kai.«

Frau Lichte verschwand im Badezimmer. Sie warf zwei Kopfschmerztabletten in ein Wasserglas und trank gierig, noch bevor sich die Tabletten richtig aufgelöst hatten. Dann füllte sie das Glas erneut unter dem Wasserhahn.

Doro schaltete Kais Computer ein. Natürlich war der Zugang zum PC durch ein Passwort gesichert. Aber Doro brauchte nur Sekunden, um es zu umgehen. Es gab einen direkten Zugang über den Administrator zu allen Daten. Doro kopierte die Festplatte auf einen USB-Stick und ließ den Stick in ihrer Jacke verschwinden.

Frau Lichte tauchte hinter ihr auf. Sie walkte sich das Gesicht durch und massierte dann ihre Schläfen mit den Fingerspitzen. Die Sorge um ihren Sohn muss sie völlig fertig machen, dachte Doro.

Frau Lichte sagte: »Kai hat mir gar nicht erzählt, dass er eine Freundin hat.«

»Ich bin nicht seine Freundin!«, wehrte Doro ab.

Frau Lichte lächelte: »Ich wollte dich nicht in Verlegenheit bringen. Setz dich doch zu mir. Ich koch uns einen Kaffee. Du magst doch Kaffee, oder?«

Doro nickte. Eigentlich trank sie nie Kaffee, aber sie fand, das hier war eine Ausnahmesituation. Da wollte sie nicht rumzicken. Sie folgte Frau Lichte in die kleine Küche. Gemeinsam standen sie bei der Kaffeemaschine. Frau Lichte füllte Wasser ein. Doro sah sich um. An der Wand über der Essecke hingen drei Farbfotos im Rahmen. Auf jedem war Kai zu sehen. Einmal mit seinem Vater am Meer – da war Kai höchstens drei. Einmal Kai alleine mit einer viel zu großen Schultüte. Auf dem größten Bild Kai mit seiner Mutter. Da war Kai bestimmt schon im zweiten Schuljahr, schätzte Doro. Er hatte ein weißes Hemd an, ein schwarzes Jackett und er kam frisch vom Frisör. Der Haarschnitt sah aus, wie mit Hammer und Meißel gemacht. Seine Mutter neben ihm war ebenfalls in Schwarz und für Doros Geschmack zu stark geschminkt. Es musste eine Beerdigungsfeier sein, tippte Doro. Vermutlich der Tod seines Vaters. Die Bilder erinnerten Doro an die Fotos, die sie in Kais Versteck auf dem Dachboden der Schule gefunden hatten.

Seine Mutter schließt sich nachts mit einer Kette vor der Tür ein, dachte Doro. Ob sie auch Angst vor irgendjemandem hatte? Wusste sie, dass ihr Sohn manchmal auf dem Dachboden der Schule schlief? Wie wäre das bei mir? Würden meine Eltern so etwas merken? Doro lächelte in sich hinein. Sie hatte ihre Eltern wegen der Computermesse seit Tagen nicht gesehen. Tim lebte die meiste Zeit im Grunde auch elternlos. Nur bei Jan sah es anders aus, und Lina hatte ihren Opa. Der machte ihr jeden Morgen Frühstück. Doro fragte sich, wie das bei Tim war. Wer sagte eigentlich, dass Tim die Nächte nicht mit Kai auf dem Dachboden verbracht hatte? Die Möglichkeit hätte er gehabt. Oder wie war das mit seiner Oma Hedwig – sah die jede Nacht nach ihm? Gleich verwarf Doro den Gedanken wieder. Warum hätte Tim auf dem gruseligen Dachboden schlafen sollen? Immerhin hatte er eine hochherrschaftliche Villa zur Verfügung. Trotzdem, die Möglichkeit blieb. Hatten Tim und Kai da oben irgendwelche Teufelsrituale ... nein, das wollte sie nicht glauben.

Während die alte Kaffeemaschine mit Spuckgeräuschen eine schwarze Brühe durch die Schläuche würgte, fragte Frau Lichte: »Wie gut kennst du Kai?«

Doro zog die Schultern hoch. »Na ja, nicht sehr gut. Wie man sich halt kennt, wenn man in eine Klasse geht.«

»Hat er dir nie was erzählt?«

»Was denn?« Doro hatte das unangenehme Gefühl, ausgehorcht zu werden.

»Na, von seinem Ärger in der Schule mit diesem Tim Sommerfeld. Das muss wohl so ein Reiche-Leute-Söhnchen sein, und jetzt glaubt der, er könnte sich alles erlauben!«, schimpfte Frau Lichte.

So etwas Ähnliches hatte Jan auch gesagt. Doch Doro nahm

Tim natürlich sofort in Schutz: »Ich kann mir echt nicht vorstellen, dass der Tim den Kai verprügelt hat. Und dass Kai wegen Tim ... nee ... das glaube ich nicht.«

Frau Lichte goss den dampfenden Kaffee in zwei Becher. »Das ist ein ganz gerissener Hund, dieser Tim. Hinterhältig. Der hat zwei Gesichter. Mit einem lächelt er und das andere ist eine fiese Fratze.«

»Wie kommen Sie darauf?«, fragte Doro.

Sie probierte von dem Kaffee. Er schmeckte grässlich bitter. Außerdem war er viel zu heiß. Doro hatte das Gefühl, sich die Lippen und die Zunge zu verbrühen. Frau Lichte schien den Kaffee aber zu genießen. Sie pustete in den Becher, trank mit kleinen Schlückchen und wärmte sich die Hände, indem sie den Becher ganz umschloss.

»Er hat meinen Sohn so weit gebracht. Und Kai liegt jetzt auf der Intensivstation und kämpft um sein Leben, während der Reiche-Leute-Lümmel frei herumläuft!«

Einerseits wollte Doro nur schnell weg hier, es wurde ihr zu unangenehm, andererseits konnte sie das nicht auf Tim sitzen lassen. Sie suchte nach einer passenden Antwort.

»Du hast doch auch nur Angst vor ihm, stimmts?«, hakte Frau Lichte nach.

»Nein, das stimmt nicht!«, protestierte Doro.

»Hat er dir denn noch nichts getan, der kleine Sadist?«

Doro schüttelte so heftig den Kopf, dass sie dabei Kaffee verschüttete, ohne es zu bemerken.

Die Augen von Frau Lichte wurden plötzlich zu kleinen, schmalen Schlitzen. Sie riss ein Stück Papier von der Haushaltsrolle ab, bückte sich und wischte die Kaffeespritzer auf.

Dann sagte sie: »Na, da hast du aber Glück gehabt. Oder bist du eine Komplizin von diesem Tim?«

»Aber Frau Lichte, was reden Sie denn da?«

»Du willst mir doch wohl nicht weismachen, dass dieser reiche Pinkel das alleine gemacht hat! Da steckt eine ganze Bande dahinter, stimmts?«

Doro stellte den Kaffeepott auf der Arbeitsplatte in der Küche ab und ging rückwärts zur Tür. Frau Lichte folgte ihr. Auch sie hatte ihren Kaffeebecher abgestellt.

»Bitte, Frau Lichte, ich muss jetzt gehen.«

Frau Lichte sah aus, als könnte sie jeden Moment auf Doro losgehen. Doro bekam Angst. Sie wollte nur noch raus aus der Wohnung. Sie ging weiter rückwärts. Jetzt kamen sie an Kais Zimmer vorbei. Frau Lichte schielte kurz hinein. Sie sah den Computer. Doro konnte sehen, wie der Gedanke in Frau Lichtes Kopf entstand.

»Was hast du am Computer gemacht? Du hast doch bestimmt etwas da rausgeholt? Suchst du hier Beweise?«

Jetzt drehte Frau Lichte total auf. Sie griff in Doros Haare und zog.

»Was hast du mitgenommen, du kleine Schlampe? Du willst Beweismittel stehlen! Bestimmt hat Kai alles aufgeschrieben! Der saß doch ständig vor der blöden Kiste!«

Doro wusste nicht, was sie tun sollte. Frau Lichte tat ihr weh. Die ersten Haare rissen aus. Aber konnte sie ihr eine Ohrfeige geben? Sie treten? Immerhin war sie eine Erwachsene und sie befand sich in einer Ausnahmesituation. Ihr Sohn war auf der Intensivstation. Kein Wunder, dass sie ausrastete. Aus lauter Verständnis und Mitgefühl konnte Doro sich nicht wehren.

Außerdem hatte Frau Lichte ja Recht. Doro hatte tatsächlich Daten aus dem Computer gestohlen. Doro hoffte einfach, Kais Mutter würde sie gleich loslassen. Aber Frau Lichte wirbelte Doro an den Haaren quer durch die Wohnung. Doro knallte gegen den Wohnzimmertisch und fiel damit um. In Frau Lichtes Hand hing ein Büschel Haare mit Wurzeln.

Doro versuchte, zur Haustür zu kommen. Aber Frau Lichte hatte den kürzeren Weg. Sie war vor Doro da und drückte sich mit dem Rücken gegen die Tür. Ihre Finger wurden zu Krallen. Aber dann ging ein Ruck durch ihren Körper. Ihr Gesicht wurde weich. Ihre Hände baumelten herab, als würden sie gar nicht zu ihr gehören. Sie schluckte trocken und sagte dann sanft: »Hast du dir wehgetan?«

»Nein, nein. Es ist alles okay. Aber bitte lassen Sie mich jetzt gehen«, krächzte Doro.

Kais Mutter löste sich von der Tür und kam näher. »Bitte verzeih mir. Das ist sonst nicht meine Art. Aber ich ...«

Jetzt begann sie zu weinen. Die Tränen erstickten ihre Stimme und sie konnte gar nicht weiterreden. Sie setzte sich auf den Boden. »Ich habe doch nur noch den Kai. Ich habe solche Angst, ihn zu verlieren. Was soll ich denn ohne ihn machen? Er ist so ein guter Sohn.«

Doro zögerte erst, doch dann nahm sie Frau Lichte in den Arm und drückte die weinende Mutter an sich. Stumm saßen die zwei fest umklammert auf dem Wohnzimmerteppich vor dem umgekippten Tisch. Frau Lichte lief die Nase. Sie bemerkte es gar nicht. Doro suchte zunächst nach einem Taschentuch. Dann putzte sie der verzweifelten Mutter die Nase mit dem Ärmel ab.

+ + + kapitel 021 + + +

Tim konnte es nicht glauben. Er wurde tatsächlich morgens in der Schule von zwei uniformierten Beamten abgeholt. Sie brachten ihn zu Kommissar Lohmann. Herr Hügelschäfer protestierte dagegen. Er wollte sogar mitfahren. Aber Tim spielte alles herunter. Er sagte, er käme schon klar, alles sei halb so wild. Tim wollte gerne cool sein. Genauso wirkte er auch. Aber in Wirklichkeit hatte er Angst. Es war nicht so sehr die Angst, verhaftet und verurteilt zu werden. Nein, es war die Angst, seine Eltern könnten ihm Vorwürfe machen. Er befürchtete, in ihren Augen alles falsch zu machen. Wenn sic von ihren Geschäftsreisen zurückkamen, ließen sie sich immer alle Vorkommnisse haarklein erzählen und bewerteten dann alles. Diese Ratschläge, wenn alles längst vorbei war, wie er es hätte besser machen können, die hasste er besonders.

Jetzt zum Beispiel: Sollte er einfach den Hausanwalt der Familie anrufen, Andreas Cremer, ein Freund seines Vaters? Ein loyaler Freund, wie Tims Vater gern betonte. Er unterschied nämlich zwischen Freunden, die sich drehten wie ein Blatt im Wind, und Freunden, die immer fest zu einem standen. Möglicherweise würde Vater Sommerfeld später sagen: »Damit hättest du auch alleine fertig werden können. Man muss nicht immer gleich mit Kanonen auf Spatzen schießen.« Aber vielleicht fand er es auch völlig bescheuert, wenn Tim versuchte, ohne anwaltlichen Beistand klarzukommen.

Im Polizeipräsidium kam Kommissar Lohmann sofort zur Sache. Er hoffte, schon die Tatsache, dass Tim Sommerfeld in der Schule von zwei Beamten abgeholt worden war, hätte ihn gar gekocht. Gut, das war vielleicht nicht ganz nach den Vorschriften, aber Kommissar Lohmann legte die Dienstvorschriften gerne so aus, wie es ihm nützlich war. Was sollten Vorschriften, wenn sie einen daran hinderten, einen Fall zu lösen? Nein, Gesetze waren für Kommissar Lohmann dazu da, dass man die Bösen einsperren konnte, damit die Guten vor ihnen geschützt wurden. Alles andere war für Kommissar Lohmann sentimentales Geschwätz. Er tat, was getan werden musste, um einen Fall zu lösen. Seine Erfolgsquote gab ihm Recht.

Kommissar Lohmann wollte keine Zeit verlieren. Er hatte für zwölf Uhr einen neuen Zahnarzttermin. Bis dahin wollte er Klarheit. Er bot Tim einen Stuhl an. Annette Köster saß bereit, um die Aussagen mitzuschreiben. Die ganze angespannte Atmosphäre im Raum sagte Tim: Jetzt wird es ernst. Die brauchen einen Schuldigen, und zwar rasch.

»Also«, diktierte Kommissar Lohmann Annette Köster, »unser junger Freund möchte aussagen. Er verzichtet auf anwaltlichen Beistand und will gerne aussagen. Stimmt doch, nicht wahr, Tim?«

Annette Köster war baff. Sie tippte nichts. Sie sah nur hilflos von Kommissar Lohmann zu Tim Sommerfeld. Das konnte doch nicht Lohmanns Ernst sein! Er bewegte sich am Rand der Legalität und der Zeugenbeeinflussung.

Tim knickte sofort ein. Er sagte nicht Ja und auch nicht Nein. Er deutete nur ein Nicken an.

»Also, Annette, schreib!«

Annette Köster tippte lustlos, ja, trotzig, aber sie tippte.

Kommissar Lohmann konfrontierte Tim Sommerfeld mit den Fakten. Das brachte die härtesten Brocken zum Zusammenbrechen: »Du warst mit Kai auf dem Dachboden der Schule. Wir haben deine Fingerabdrücke gefunden. Was hast du mit ihm dort gemacht?«

Tim hatte das Gefühl, die Worte würden wie Schüsse auf ihn abgefeuert. Aber das schaffte Klarheit für ihn. Er brauchte den Anwalt, und zwar sofort. Doch gleichzeitig schüchterte Kommissar Lohmann Tim so sehr ein, dass er sich nicht traute, auf einen Anwalt zu bestehen. Tim sah, dass Annette Köster mit Kommissar Lohmanns Vorgehen nicht einverstanden war. Er versuchte, Blickkontakt mit ihr aufzunehmen. Er brauchte sie als Verbündete, um den Druck von Kommissar Lohmann auszuhalten. Aber sie konzentrierte sich ganz auf die Tastatur und sah nicht auf. Trotzdem vertippte sie sich mehrfach.

»Wenn du nicht mit der Sprache rausrücken möchtest, kann ich dir ja mal erzählen, wie ich es sehe.«

Jetzt verschränkte Annette Köster die Arme vor der Brust und sah Kommissar Lohmann an. Sie kannte seine Methode. Er ging davon aus, dass Menschen widersprachen, wenn er ihnen eine Geschichte »unterjubelte«, wie er es nannte. Aus den Widersprüchen ergab sich oft in einem Zornesausbruch die Wahrheit.

Seine Methode war fragwürdig, aber erfolgreich. Jetzt provozierte er Tim: »Du gibst also zu, mit Kai Lichte oben auf dem Dachboden gewesen zu sein. Da habt ihr dann eure Spielchen mit ihm getrieben, stimmts? Es reichte euch nicht aus, ihn ein bisschen in der Pause zu schikanieren. Ihr habt euch einen Spaß daraus gemacht, ihm da oben Angst einzujagen. Habt ihr die Kerzen benutzt, um eure Folterinstrumente heiß zu machen, oder war das Kerzenlicht nur so schön gruselig?«

Tim wagte nicht einmal, Luft zu holen. Er wünschte sich nur Andreas Cremer herbei, den gewieften Anwalt seines Vaters. Irgendjemand musste kommen, um das hier zu beenden. Jemand, der stärker war als er.

»Womit habt ihr Kai die Brandverletzungen beigebracht? Zigaretten. Klar. Aber nicht nur. Ihr habt auch ein Bügeleisen benutzt, stimmts? Wer war außer dir noch dabei?«

Tim brüllte aus Leibeskräften: »Neiiiin! Neiiiin!«

Es war so ein lauter, herzzerreißender Schrei, dass er für einen Moment glaubte, die Fensterscheiben müssten zerspringen. Aber das geschah nicht. Zwar wurde er im ganzen Gebäude gehört, doch niemand eilte herbei, um nach dem Rechten zu sehen.

Tims Protestschrei gefiel Kommissar Lohmann. Gleich würde der Junge auspacken, da war er sich sicher. Er baute ihm eine Brücke: »Wenn es so nicht war, wie war es dann?«

Tim sah vor sich auf seine Füße. Dann sagte er so klar und sachlich, wie es in dieser aufgeheizten Situation möglich war: »Es stimmt. Da oben sind meine Fingerabdrücke. Wir haben das Siegel gebrochen und sind hochgegangen ...«

»Wen meinst du mit ›wir‹?«, hakte Kommissar Lohmann nach. Aber Tim ging nicht darauf ein. Er wollte seine Freunde nicht verraten.

»Wir haben uns Vorwürfe gemacht, weil wir alle nichts gemerkt haben. Wir haben Antworten gesucht ... wir ...«

»Ach, wie rührend«, spottete Kommissar Lohmann.

»Erstens bin ich Nichtraucher, und zweitens, wenn wir Kai

mit Zigaretten gequält hätten, würden Sie auf dem Dachboden Zigarettenkippen finden. Ich habe keine gesehen.«

Für einen Moment hielt Kommissar Lohmann inne. Der Junge war clever. Er hatte einen analytischen Verstand und er verlor nicht die Nerven. Er hatte gute Voraussetzungen, ein prima Kriminalbeamter zu werden, dachte Kommissar Lohmann. Dazu müsste der Junge allerdings die Fronten wechseln.

Jetzt sah auch Annette Köster Tim an. Sie hatte Respekt vor seiner klaren Argumentation. Sie konnte sich an keine Zigarettenkippen erinnern. Sie blätterte im Bericht der Spurensicherung. Auch hier stand nichts von Zigaretten. Aber an Kais Oberkörper gab es Verbrennungen, die aussahen, als ob sie von der Glut einer Zigarette stammen würden.

»Und ein Bügeleisen haben Sie dort sicher auch nicht gefunden«, sagte Tim. »Der Dachboden war keine Folterkammer, sondern ein Zufluchtsort. Kai hat sich dort versteckt. Und wenn er auch noch so ein mundfauler Spinner war, ich glaube nicht, dass er dort oben seine Wäsche gebügelt hat.«

Annette Köster fand auch keine Eintragung über ein Bügeleisen in den Akten.

+ + + kapitel 022 + + +

Direkt nachdem die Polizisten Tim Sommerfeld mitgenommen hatten, simste Lina an ihren Großvater: *Tim verhaftet. Was sollen wir tun? Seine Oma liegt im Krankenhaus und seine Eltern sind in Indien oder Amerika oder sonst wo.*

Günter Grün war gerne Großvater. Als er noch im aktiven Polizeidienst war, hatte er sich immer vorgestellt, wie das werden würde, wenn er mehr Zeit für sein Enkelkind hätte. Er hatte an Radtouren gedacht. Besuche im Zoo. Hilfe bei den Hausaufgaben. Nun war alles ganz anders gekommen. Er wurde hineingezogen in einen Kriminalfall. Und was ihn am meisten ärgerte: Sein Nachfolger war kein guter Kriminalist. Nein. Er war nicht mal ein guter Polizist. So einen Nachfolger hatte er nicht verdient. Er wollte einen, der ihm Ehre machte. Nicht so einen miesepetrigen Einfaltspinsel.

Als Günter Grün sein altes Kommissariat wieder betrat, fühlte er sich sofort wie früher. Er wurde im Flur gegrüßt, als sei er nie weg gewesen. Aber in seinem Büro regierte jetzt Kommissar Lohmann. Ohne anzuklopfen, öffnete Günter Grün die Tür.

Tim hockte verzweifelt auf der Stuhlkante. Er war leichenblass. Er sah aus, als hätte er eine Auseinandersetzung mit dem Teufel überlebt. Günter Grün war sich bewusst, dass er störte. Der böse Blick von Kommissar Lohmann unterstrich diesen Gedanken energisch.

»Was wollen Sie?«, fragte Kommissar Lohmann knapp. »Warten Sie draußen. Wir sind mitten im Verhör.«

Günter Grün antwortete genauso knapp: »Günter Grün. Ich bleibe. Meine Enkelin hat mich darüber informiert, was passiert ist.«

Kommissar Lohmann hätte Günter Grün am liebsten rausgeworfen. Annette Köster spürte den Anflug von Konkurrenz, ja Feindseligkeit genauso deutlich wie Tim Sommerfeld. Kommissar Lohmann wollte gleich klarstellen, dass er keine Einmischungen in den Fall duldete. Nicht in diesen und auch sonst in keinen. Er war nicht der Mann, der sich reinreden ließ.

Er ging zum Kopiergerät, nahm das Wolkenbild von der Wand und reichte es Günter Grün. »Sie sind bestimmt gekommen, um Ihr Kunstwerk abzuholen«, sagte Kommissar Lohmann spitz.

Günter Grün lächelte gekünstelt. »Ihnen auch einen Guten Tag. Danke der Nachfrage. Es geht mir gut.«

Günter Grün nahm das Bild an sich. Er wischte den Staubrand ab.

Kommissar Lohmann setzte sich auf den Schreibtischrand, wippte mit dem Fuß und fragte ungeduldig: »Also?«

»Also was?«

»Also, was wünschen Sie?«, bellte Kommissar Lohmann. Es war für Annette Köster ganz deutlich: Kommissar Lohmann war Günter Grün meilenweit unterlegen.

Günter Grün reagierte nicht mehr auf Kommissar Lohmann. Er wendete sich an Tim: »Na, mein Junge, geht es dir gut?«

»Nicht wirklich«, sagte Tim.

Jetzt stellte Günter Grün sich zwischen Tim und Kommissar Lohmann. Er sprach weiter mit Tim und zeigte Kommissar

Lohmann seinen Rücken. Annette Köster ahnte, dass Kommissar Lohmann keine gute Figur gegen Günter Grün machen würde.

»Bist du als Zeuge hier oder als Beschuldigter?«, fragte Günter Grün.

»Ich ... ich weiß nicht«, sagte Tim. »Ich glaube, als Beschuldigter. Ist das denn ein Unterschied?«

»Ja. Das ist sogar ein großer Unterschied«, erklärte Günter Grün. Dann atmete er tief ein, drehte sich langsam, ja bedächtig zu Kommissar Lohmann um und giftete ihn an: »Sie haben den Jungen doch sicherlich auf den Unterschied hingewiesen, werter Kollege!«

Kommissar Lohmann stierte auf seine Fußspitzen. Er hatte keine Lust, sich von Günter Grün vorführen zu lassen, aber er wusste auch nicht, wie er aus der Situation herauskommen sollte. Er begann zu schwitzen.

Günter Grün fuhr wieder herum und sprach zu Tim, als würde er aus dem Lehrbuch vorlesen: »Als Beschuldigter hast du das Recht zu schweigen. Du kannst einen Anwalt hinzubitten, Akteneinsicht verlangen und ...« Günter Grün tat, als würde er erst jetzt darauf kommen. Es war für ihn ein Spiel. Er hatte Kommissar Lohmann längst an der Angel und konnte den Fisch jederzeit an Land ziehen. Er trat einen Schritt zur Seite. Jetzt konnte er Tim, Kommissar Lohmann und Annette Köster gleichzeitig sehen. Er zeigte mit dem Finger auf Kommissar Lohmann: »Sie haben unseren jungen Freund doch sicherlich darauf hingewiesen, dass er ein Recht auf einen Anwalt hat.«

»Ja«, schrie Kommissar Lohmann, »habe ich!«

Aber so, wie Tim Günter Grün ansah, war diese Aussage nicht ganz richtig. Tim wagte nicht, den Kopf zu schütteln. Fasziniert sah er dem Kampf der beiden Kommissare zu. Nach Punkten lag Günter Grün eindeutig vorn.

Günter Grün ging zu Annette Köster und sah sich das Protokoll an, das sie tippte.

»Klar«, freute sich Günter Grün, »wie schön für alle. Tim Sommerfeld hat auf einen Anwalt verzichtet. Wissen Sie, was ich vorschlage, Herr Kollege?«

Kommissar Lohmann versuchte, den Blick von Günter Grün auszuhalten. Er schaffte es nicht. So wie Grün das Wort »Kollege« aussprach, zweifelte er sogar an, dass Lohmann überhaupt ein echter Kommissar war.

Warum schmeiße ich den nicht einfach raus?, dachte Kommissar Lohmann. Was ist los mit mir? Ist es, weil der fünfundzwanzig Jahre älter ist als ich? Ja, vielleicht war es das. Ein bisschen fühlte Kommissar Lohmann sich, als würde er vor seinem strengen Vater stehen. Plötzlich hatte er das Gefühl, alles falsch zu machen. Was, wenn Günter Grün ihm eine Ohrfeige geben würde? Wäre er in der Lage, sich zu wehren?

»Ich werde Tim jetzt mitnehmen. Er wird gern all Ihre Fragen beantworten. Schriftlich, nach Absprache mit seinem Anwalt, versteht sich.«

Niemand widersprach.

Tim stand auf. Er fragte sich, was genau passiert war, und er beneidete Lina um diesen Opa. Günter Grün zwinkerte Tim zu. Gemeinsam mit Tim verließ er den Raum. Unterm Arm hielt er sein Wolkenbild. Er sah aus wie ein Mann, der alles bekommen hatte, was er wollte.

Annette Köster reckte sich und bog den Rücken durch. Sie sah Kommissar Lohmann an. Ein bisschen tat er ihr Leid. Er hatte endlich jemanden gefunden, der ihn in seine Schranken wies. Er wirkte fast ein bisschen erleichtert.

»Willst du darüber reden?«, fragte Annette Köster vorsichtig.

Es war, als würde er durch sie hindurchsehen. Dann sagte er: »Nein. Das möchte ich nicht.«

Sie verstand. Sie gab ihm zu verstehen, dass sie niemals drüber reden würde, wenn er es nicht wollte. Sie brauchte dazu keine Worte. Ihr Blick reichte aus.

Er lächelte dankbar. Nie wieder würde es zwischen ihnen sein wie bisher. Sie waren ab jetzt gleichberechtigte Partner. Er war nicht mehr der große Macker und sie nicht mehr seine Bewunderin. Günter Grün hatte die Luft rausgelassen und ihn auf ein erträgliches Maß zurechtgestutzt.

Kommissar Lohmann griff sich an den Kiefer. »Kennst du einen guten Zahnarzt?«

»Ich geh zu Dr. Andreas Dohle.«

»Ist der wirklich gut?«

»Mir hat er geholfen.«

Er wollte gerade sagen: »Machst du mir einen Termin bei dem? Ich hatte schon mal einen, bin aber aus seinem Wartezimmer abgehauen.« Aber dann stoppte er sich und bat um Dr. Dohles Nummer. Er rief selbst an und behauptete: »Es ist ein Notfall. Ich bin kurz davor durchzudrehen. Ich komme auch ganz bestimmt, wenn ich noch eine Chance erhalte.«

»Wir kennen das«, beruhigte ihn die Sprechstundenhilfe. »Männer kriegen manchmal Schiss und laufen aus dem Wartezimmer weg. Sie brauchen aber keine Angst zu haben. Der Doktor ist sehr sanft.«

So viel Fürsorge war Kommissar Lohmann jetzt peinlich. Aber der Schmerz trieb ihn trotzdem hin.

+ + + kapitel 023 + + +

Doro ging nach dem Erlebnis mit Kais Mutter nicht mehr zur Schule. Sie musste rennen. Immer schneller, bis sie fast zusammenbrach. Dann fühlte sie sich besser und ging nicht schneller als sonst nach Hause zurück. Dort trank sie noch im Stehen fast einen halben Liter Mineralwasser und rülpste erst einmal von Herzen. Das war der Vorteil, wenn man so viel alleine war wie sie. Sie konnte sich benehmen, wie sie wollte.

Dann lud Doro die Daten vom USB-Stick auf ihren Computer. Sie suchte nach einem Tagebuch. Als Erstes stieß sie auf verschiedene Foren, in die Kai sich eingeloggt hatte. Doro hatte wahrlich Ahnung von Computern und surfte täglich im World Wide Web, aber solche Foren kannte sie gar nicht. Hier wurde nicht locker gechattet. Es ging weder um Stars und Sternchen aus dem Showgeschäft noch um den eigenen Liebeskummer. Hier wurde nicht geflirtet und es suchte auch niemand einen Partner für ein Hobby.

Hier diskutierten Erwachsene ihre Probleme. Die Sprache war hart, aber klar. Es ging um Scham, um plötzliche Wutausbrüche, um Schuldgefühle und um Eifersucht, um Mobbing und um Alkoholismus. Es gab Hunderte von Diskussionsbeiträgen. Alle waren unter Decknamen verfasst worden. Denn wer heißt schon im wirklichen Leben *Sokrates*, *Aphrodite*, *Schafskopf*, *Mülleimer Zwei*, *Einsamer Wolf*, *Lonesome Cowboy* oder *Blue Marlin Eins*?

Einen dieser Namen benutzte Kai. Da war Doro sich ganz sicher. Aber wie nannte er sich? Sie las den Beitrag von *Blue Marlin Eins*:

›... Sie ist eine herzensgute Frau, aber sie kann mit Alkohol nicht umgehen. Schon ein Glas Sekt reicht aus und ihre Persönlichkeit verändert sich. Sie wirft sich jedem Mann an den Hals. Neulich begann sie sich nach ein paar Cocktails auf der Tanzfläche auszuziehen. Es war die Geburtstagsparty von meinem Chef. Ich habe sie sofort nach Hause gefahren. Da bekam sie dann einen Heulkrampf. Natürlich schämt sie sich jetzt und will das Haus gar nicht mehr verlassen. Ich kenne das schon. Ich weiß, wie es weitergeht. In ein paar Wochen wird sie sich Mut antrinken, um wieder unter Leute zu kommen, und dann blamiert sie sich wieder bis auf die Knochen. Ich weiß nicht, was ich tun soll. Wenn es so weitergeht, werde ich sie wohl verlassen. Wer hat ähnliche Erfahrungen?‹

Nein. Das war nicht von Kai. Aber hinter einem dieser Namen musste er sich verbergen. Diese Internetforen waren eine Art modernes Tagebuch. Es war öffentlich und doch anonym. So konnte jemand seine Sorgen und Gedanken anderen mitteilen, aber niemand kannte sein Gesicht oder seinen wahren

Namen. Dadurch wurden die Menschen mutig. Sie vertrauten sich der Lesergemeinde des Forums an. Auf *Blue Marlin Eins* antworteten rund ein Dutzend Leute mit guten Ratschlägen und Tipps.

Schafskopf schrieb ganz knapp: ›Guter Rat von einem Leidensbruder: Verlass die blöde Kuh, so schnell es geht.‹

Blue Marlin Eins antwortete: ›Sie ist keine blöde Kuh. Ich liebe sie.‹

Doro bekam Hunger auf etwas Süßes. Sie hatte das Gefühl, der Antwort auf ihre Fragen ganz nah zu sein. Aber sie musste herausfinden, hinter welchem Namen Kai sich verbarg. Manchmal brauchte sie eine Extraportion Zucker zum Nachdenken. Jetzt zum Beispiel. Für solche Fälle hatte Doro immer eine Tafel Schokolade in ihrer Schreibtischschublade. Die aß sie jetzt wie eine Schnitte Brot. Sie verschaffte sich einen Überblick. Sie konnte nicht alles lesen. Kai hatte Diskussionsbeiträge aus vier Internetforen abgespeichert. Knapp zweitausend Seiten Text.

Doro kaute und dachte nach. Sie brauchte eine Suchmethode. Na klar! Ganz einfach! Vermutlich hatte Kai sich immer unter dem gleichen Namen eingeloggt. Warum sollte er verschiedene Pseudonyme wählen?

Doro verglich die Namen aus allen vier Foren. Einige tauchten mehrfach auf.

Schneewittchen, *Spargeltarzan*, *Giftzwerg*, *Gralshüter*, *Schafskopf* und *Lonesome Cowboy* in zweien. *Schafskopf*, *Sokrates*, *Mülleimer Zwei*, *Rabenmutter* und *Schneeziege* in dreien. In allen vier Foren waren nur zwei Namen vertreten: *Zicke* und *Einsamer Wolf*.

Hinter einem dieser beiden Namen musste Kai sich verbergen, mit all seinen Problemen, die ihn schließlich dazu gebracht hatten, vom Dach der Schule zu springen.

Hoffentlich, dachte Doro, hat er nicht seine Spur noch besser verwischt und vier verschiedene Nicknames benutzt. Dann sah sie die Beiträge von *Zicke* und *Einsamer Wolf* durch. Ihr wurde ganz schlecht, als die Zeilen auf dem Bildschirm erschienen. Es war so, als würde sie etwas streng Verbotenes tun. Sie hoffte, nicht wieder zu hyperventilieren, und atmete tief durch.

+ + + kapitel 024 + + +

Tim wollte nicht zur Schule zurück. Das konnte Günter Grün gut verstehen. Kein Wunder, dass der Junge fertig war. So ein Verhör schaffte jeden.

Tim versprach, seine Eltern über alles zu informieren. Er bedankte sich herzlich bei Günter Grün und besuchte dann seine Oma im Krankenhaus. Die alte Frau hing immer noch am Tropf. Sie sah zwar schon viel besser aus, hatte aber am frühen Morgen wieder einen Schwindelanfall gehabt, als sie sich eigentlich anziehen wollte, um das Krankenhaus zu verlassen.

Sie schämte sich, weil sie in dieser schwierigen Situation ihrem Enkel so wenig beistehen konnte. Um sie nicht zu belasten, erzählte Tim ihr nicht die ganze Wahrheit. Er verschwieg die Sache mit der Feuerwehr und seiner Verhaftung. Damit sie sich nicht zu viele Sorgen machte, erwähnte er aber, dass Günter Grün, der ehemalige Kommissar, ihm zur Seite stand. Das beruhigte Hedwig Sommerfeld. Sie bat Tim aber, die Eltern nicht zu informieren. Sie sollten auf keinen Fall das Gefühl bekommen, sie und Tim kämen nicht alleine klar.

Hedwig Sommerfeld kannte den Gedanken von Tims Vater, ob es nicht besser sei, den Jungen in ein gutes Internat zu schicken. Er hatte Prospekte angefordert von einem in London und einem anderen in der Schweiz, im Engadin. Tim sollte eine besonders gute Erziehung und Ausbildung bekommen. Geld spielte dabei kaum eine Rolle. Im Gegenteil. Es gefiel Herrn Sommerfeld, wenn die Internate teuer waren. Damit konnte er sein schlechtes Gewissen beruhigen, weil er und seine Frau ständig unterwegs waren.

Aber Tim und seine Oma Hedwig wollten zusammenbleiben. Da machten sich Geschichten über einen Sohn, der von der Kripo verhört wurde, und eine Oma mit Schwindelanfällen nicht so gut. Das brachte Tims Vater nur auf falsche Gedanken.

Oma Hedwig fürchtete sich vor der Kernspintomografie. Sie klagte ihrem Enkel ihr Leid. »Der Chefarzt sagt, ich muss in die Röhre. Er braucht Schichtaufnahmen von meinem Gehirn.« Sie sah Tim an, als würde sie am liebsten weglaufen.

Tim tröstete seine Oma: »Das tut doch nicht weh. Das ist nur ein modernes Röntgenverfahren. Davor musst du keine Angst haben.«

Sie nahm seine Hand und drückte sie ganz fest. »Aber ich krieg doch in geschlossenen Räumen immer so die Panik. Im Fahrstuhl oder im Flugzeug. Wenn ich mir vorstelle, ich werde in so eine Röhre geschoben ...«

Ihr Mund zitterte beim Sprechen. Tim wurde schlagartig bewusst, wie gern er diese Frau hatte. Er umarmte sie.

Eine Krankenschwester betrat das Zimmer und brachte ein Tablett mit dem Mittagessen. Kartoffelpüree. Putensteak. Erbsen und Möhren. Einen Himbeerpudding und eine kleine Nudelsuppe. Als die Schwester verschwunden war, sagte Oma Hedwig: »Iss du es, Tim. Ich kriege sowieso nichts runter.«

Tim aß am Bett seiner Oma. Er schlang ganz gegen seine sonstige Gewohnheit alles in sich hinein, ohne richtig durchzukauen. Ihm war gar nicht klar gewesen, dass er so großen Hunger hatte.

Zu Hause vor der Villa stand eine Frau und wartete ungeduldig auf ihn: Kai Lichtes Mutter. Sie versteckte sich bei den Holunderbüschen. Sie wollte Tim zur Rede stellen. Die Polizei wurde ja mit dem Bengel offensichtlich nicht fertig.

+ + + kapitel 025 + + +

Doro atmete durch die geöffneten Lippen. Sie vergaß, dass sie Schokolade im Mund hatte. Kai musste der *Einsame Wolf* sein. Kaum vorstellbar, dass er sich als *Zicke* ausgab und in vier Foren über »gefühlsarme Männer« herzog. Aber was der *Einsame Wolf* schrieb, jagte Doro beim Lesen einen Schauer nach dem anderen über den Rücken. Er tat so, als sei er ein Erwachsener, aber Doro ließ sich nicht so leicht täuschen.

›Meine Frau trinkt nicht. Trotzdem wechselt sie manchmal ganz schnell ihre Laune. Es ist dann, als ob sie plötzlich eine ganz andere Person wäre. Erst ist sie liebevoll, dann auf einmal flippt sie völlig aus. Dann wirft sie mit Gegenständen, schreit, schlägt um sich. Sie hat mich schon gewürgt. Neulich, als ich eingeschlafen war, hat sie mich mit einer brennenden Zigarette geweckt. Sie hat mir die Glut in den Rücken gedrückt und geschrien, ich wolle sie auch nur in die Klapsmühle bringen, sie hätte mich durchschaut.‹

Milan fragte: ›Und, warum bringst du sie nicht rein? Im Ernst, Kumpel, sie braucht ärztliche Hilfe. Das kannst du nicht alleine schaffen.‹

Susie Vier hatte sich eingemischt: ›Du Ärmster. Sie ist ein Borderliner. Ich war zwei Jahre mit einem zusammen. Es hätte mich fast umgebracht. Mal war er der lammfromme Vegetarier, dann der reißende Wolf. Das kannst du nicht steuern. Verlass sie.‹

Einsamer Wolf: ›Ich kann sie nicht verlassen.‹

Susie Vier: ›Habt ihr Kinder?‹

Einsamer Wolf: ›Ja.‹

Susie Vier: ›Dann nimm deine Kids und verschwinde. Du hast keine Chance gegen die Krankheit.‹

Einsamer Wolf: ›Ich versuche, sie nicht wütend zu machen. Ich tu alles. Ich räume auf, wasche, bügle. Sie hat versprochen, es nicht mehr zu tun.‹

Milan: ›Schlappschwanz.‹

Susie Vier: ›Sie wird dir das Bügeleisen irgendwann hinterherwerfen.‹

Einsamer Wolf: ›Hat sie schon. Aber nur, weil ich ihre Lieblingsbluse versengt habe.‹

Milan: ›Klar. Nimm sie auch noch in Schutz. Du bist ein hoffnungsloser Fall.‹

Susie Vier: ›Wie alt bist du eigentlich?‹

Milan: ›Und wie alt willst du noch werden?‹

Susie Vier: ›Halt dich da raus, Milan, du Dummschwätzer. Du hast ja keine Ahnung.‹

Milan: ›Verliebte Männer können so dämlich sein. Ich war auch mal so ein Idiot wie du, Einsamer Wolf.‹

Susie Vier: ›Einsamer Wolf? Bist du noch online?‹

Einsamer Wolf: ›Sie leidet doch selbst am meisten drunter. Wenn ich sie im Stich lasse, hat sie niemanden mehr.‹

Susie Vier: ›Vielleicht geht sie dann zum Arzt. Du musst doch zugeben, dass das alles schwer therapiebedürftig ist. Du hast es selber auch nötig.‹

Einsamer Wolf: ›Ich?‹

Susie Vier: ›Helferleinsyndrom? Nie gehört, was?‹

Milan: ›Sag ich doch. Werd endlich erwachsen.‹

Hier brach alles ab. Einsamer Wolf meldete sich nicht mehr. Doro war klatschnass. Ihre Sachen klebten am Körper. Sie hatte große Lust zu duschen. Gleichzeitig wollte sie die anderen informieren. Außerdem weiterlesen. Sie seufzte. Aber am liebsten wäre sie zu Kai ins Krankenhaus gelaufen, um bei ihm zu sein, wenn er wach wurde ... falls er jemals wieder wach werden würde ...

Sie suchte weiter nach Einträgen von *Einsamer Wolf*. Sie fand noch Fragen von ihm:

›Wer kann mir erklären, was ein Borderliner ist? Wie kann man so etwas behandeln? Gibt es dagegen Tabletten?‹

Milan antwortete: ›Da fragst du den Richtigen. Ich bin Fachmann. Selbst Borderliner. Also pass auf. Das ist eine Erkrankung der Seele. Manchmal verletzen diese Menschen sich selbst mit Rasierklingen oder Zigaretten, um sich zu bestrafen oder um sich überhaupt zu spüren. Sie können aber auch sehr gewalttätig werden. Borderliner werden völlig von ihren Gefühlen beherrscht. Neigen zu Unterordnung, sind dann aber wieder sehr herrschsüchtig. Widersprechen sich ständig, als würden sie mit sich selbst im Streit leben.‹

Einsamer Wolf: ›Bist du geheilt?‹

Milan: ›Nein. Aber ich mache seit fünf Jahren Therapie. Da führt kein Weg dran vorbei. Ich habe es mit Tabletten versucht, mit Alkohol ... Ich war ein echtes Miststück. Gemein und ein Tyrann! Gehörst du auch zu uns, Einsamer Wolf?‹

Einsamer Wolf: ›Nein. Ich nicht – oder ist das vererbbar?‹

Doro stand auf. Sie konnte nicht länger am Computer stillsitzen. Sie musste sich bewegen. Sie ging zum Fenster und riss es auf. Ihr Gesicht war nass. Sie wischte sich die Tränen mit den Händen ab.

Was muss er gelitten haben, dachte sie. Und wie sehr hat er sich geschämt. Er tat sogar so, als sei sie seine Frau und nicht seine Mutter, nur um sie nicht zu verraten, und er hatte auch noch Angst, die Krankheit von ihr geerbt zu haben. Warum hat er uns nie etwas gesagt? Warum? Kann man mir nicht vertrauen? Wirke ich wie eine blöde Ziege, die sich über Menschen mit Problemen lustig macht? Vielleicht wäre das alles nicht passiert, wenn Kai jemanden zum Reden gehabt hätte. Zum Beispiel mich.

+ + + kapitel 026 + + +

Die Villa war Tim noch nie so verlassen vorgekommen. Er war froh, dass dort wenigstens seine *Star-Wars*-Figuren auf ihn warteten. Er fühlte sich hundemüde. Wahrscheinlich würde er gleich auf dem Sofa einschlafen. Er ging die Treppe hoch und steckte den Schlüssel ins Türschloss. Da hörte er einen schweren Atem, aber es war nicht Darth Vader. Es war ganz dicht hinter Tim. Instinktiv fuhr er herum.

Direkt vor ihm stand milde lächelnd Frau Lichte. Sie hatte tiefe, dunkle Ränder unter den Augen. Ihre Lippen waren rau und aufgesprungen, wie bei jemandem, der langsam austrocknet.

»Ich bin gekommen, um mit dir über Kai zu reden«, säuselte sie.

Tim bekam es sofort mit der Angst zu tun. Er wusste, was diese Frau über ihn erzählt hatte. Er wollte auf keinen Fall mit ihr allein sein. Nicht eine Minute.

»Ich habe Ihrem Sohn nichts getan!«, schrie Tim und stieß Frau Lichte zurück. Er riss die Tür auf, sprang ins Haus und knallte die Tür hinter sich zu.

Frau Lichte klopfte: »He, lass mich rein! Ich will doch nur mit dir reden!«

Doch Tim drückte die Tür mit aller Kraft zu und schloss ab. Darth Vader röchelte dazu.

Als Frau Lichte das Türschloss einschnappen hörte, war es, als ob ein Schalter in ihrem Gehirn umgelegt werden würde. Ja, sie war gekommen, um vernünftig mit Tim Sommerfeld zu reden. Er hatte ihren Sohn so weit gebracht. Er! Das musste er doch einsehen. Sie konnte sich vorstellen, wie die Leute über sie reden würden, wenn sie erfuhren, was mit ihr los war.

»Ja!«, schrie sie. »Ich werde manchmal jähzornig! Ich kann verdammt wütend werden! Aber ich habe meinen Sohn nicht in den Selbstmord getrieben! Ich nicht! Das warst du! Mach auf! Du sollst aufmachen!« Sie trat gegen die Tür.

»Bitte seien Sie doch vernünftig!«, rief Tim. »Sie haben mir schon genug Schwierigkeiten gemacht. Die Polizei hat mich verhört.«

Frau Lichte hob einen der schweren Blumenkübel hoch, die rechts und links neben der Eingangstür standen, und schleuderte ihn gegen das große Fenster neben der Tür. Die Scheibe brach nach innen. Der Blumenkübel rollte in die Eingangshalle. Die Glasscherben klirrten durch den ganzen Raum. Ein paar flogen gegen R2D2.

Nur ein Gedanke schoss durch Tims Kopf: Die Polizei! Ich muss die Polizei rufen! Er rannte zum Telefon.

Frau Lichte stieg durch die zertrümmerte Scheibe in die Eingangshalle. Sie war jetzt in Rage. Sie warf Darth Vader einfach um. Dann trat sie gegen R2D2. Der flog in die Ecke. Frau Lichte knirschte mit den Zähnen. Sie sah Tim und ging auf ihn los. Er hatte das Telefon schon in der Hand. Sie schlug ansatzlos in Tims Gesicht. Dann nahm sie ihm das Telefon ab, schleuderte es heftig auf den Fußboden und trat zweimal darauf. Das Plastik zerkrachte. Das Innere des Gehäuses wurde sichtbar. Wie einen Fußball schoss Kais Mutter das Telefon weg.

Tim sah sich nach einem Gegenstand um, mit dem er sich verteidigen konnte. Er musste sich diese Furie irgendwie vom Leib halten. Sie trat nach ihm. Sie schrie. Aber ihre Augen machten ihm am meisten Angst. Sie hatte einen irren Blick. Völlig verrückt. Sie traf ihn zweimal mit der Faust am Kopf. Trotzdem schaffte Tim es nicht zurückzuschlagen. Er wich ihren Hieben nur aus.

»Frau Lichte! Hören Sie auf!«

Tim floh vor ihr ins Kaminzimmer. Das war ein Fehler. Zunächst schnappte sie sich ein paar von den getrockneten Holzscheiten und warf damit nach Tim. Er ging hinter einem Ohrensessel in Deckung. Hinter ihm krachte das schwere Stück Buchenholz gegen die Wand. Dann griff sich Frau Lichte eine gefährlichere Waffe: den Schürhaken vom Kamin.

»Ich bin keine Rabenmutter!«, kreischte sie und schwang das Eisen über ihrem Kopf wie ein Kreuzritter sein Schwert. »Ich liebe meinen Sohn!«

Tim brachte den Ohrensessel zwischen sich und Frau Lichte.

»Ja, das glaube ich«, sagte Tim. »Aber brauchen Sie einen Feuerhaken, um es zu beweisen?«

Frau Lichte schlug mit dem Schürhaken nach Tim. Er spürte den Luftzug an seinem Ohr, konnte aber ausweichen.

»Wenn Sie mich erschlagen, retten Sie Ihren Sohn nicht!«, schrie Tim.

Sie zerfetzte mit dem Haken ein Ohr vom Ohrensessel.

Das hätte mein Kopf sein können, dachte Tim mit Schrecken. Er bückte sich nach dem Buchenscheit, das sie nach ihm geworfen hatte, und hob es drohend hoch.

»Glauben Sie, es hilft Kai, wenn Sie im Gefängnis sitzen?«

Tims Handy klingelte in seinem Zimmer.

Frau Lichte hielt einen Moment inne. Dann fasste sie das Eisen mit beiden Händen, hob es über ihren Kopf und stürmte brüllend auf Tim los.

+ + + kapitel 027 + + +

Zunächst versuchte Doro, Tim zu erreichen. Was hier im Computer nachzulesen war, entlastete ihn. Aber bei Tim war ständig besetzt und er ging nicht an sein Handy. Sie sprach ihm auf die Mailbox. Als Nächstes rief sie Jan an: »Du hast Tim Unrecht getan. Er hat wirklich nichts damit zu tun. Es ist Kais Mutter.«

»Häh, was? Spinnst du? Seine Mutter?«

»Ja. Sie hat irgendeine psychische Krankheit. Sie ist auch auf mich losgegangen. Hat mir ein Büschel Haare ausgerissen.«

Jan konnte es immer noch nicht glauben. »Ja, gut. Vielleicht ist sie bei dir ausgerastet, aber das heißt doch nicht ...«

»Jan! Ich habe Kais Festplatte kopiert! Glaub mir, ich weiß, wovon ich rede.«

»Und jetzt?«, fragte Jan. Er schämte sich, weil er Tim so hart beschuldigt hatte.

»Ich schlage vor, wir treffen uns gleich. Am besten bei Lina und ihrem Opa. Ich ruf sie gleich an. Und dann entscheiden wir gemeinsam, was zu tun ist.«

»Ja. Und ich entschuldige mich bei Tim. Also, bis gleich.«

Doro versuchte noch einmal, Tim zu erreichen. Aber die Festnetzleitung war besetzt und auf dem Handy sprang zum zweiten Mal die Mailbox an.

Lina ließ sich zum dritten Mal von ihrem Opa erzählen, wie er es geschafft hatte, Tim bei der Polizei rauszupauken. Dabei veränderte sich die Geschichte jedes Mal ein wenig zugunsten ihres Großvaters. Er schälte Kartoffeln und würfelte Zwiebeln. Der Speck brutzelte schon in der großen, gusseisernen Pfanne. Er bereitete wieder seine berühmten Bratkartoffeln zu. Lina wunderte sich über die Menge. Dann kam die SMS: *Es gibt heftige Neuigkeiten. Können wir uns bei dir treffen?*

War das wieder Opas berühmter siebter Sinn, oder wieso ahnte er, dass die Bande kommen würde?

+ + + kapitel 028 + + +

Tim schleuderte das Holzscheit mit aller Kraft in Frau Lichtes Richtung. Aber sie benutzte den Schürhaken wie einen Baseballschläger. Er krachte gegen das Holz. Die Wucht des Schlages fälschte die Flugbahn ab. Das Holzscheit donnerte gegen die Wand.

Jetzt stand Tim wehrlos da. Er versuchte, in Richtung Tür zu entkommen.

Er stieß den Ohrensessel um. Frau Lichte sprang darüber. Obwohl Tim sie nicht getroffen hatte, blutete sie aus der Nase. Auch das Weiße in ihren Augäpfeln leuchtete jetzt rot. Einige Äderchen waren darin geplatzt. Frau Lichte hatte Bluthochdruck. Auf ihrer Stirn pochte eine dicke blaue Ader.

Vielleicht wird sie ohnmächtig, wenn sie sich noch mehr anstrengt, hoffte Tim. Er entkam bis zur Treppe. Die ersten drei Stufen nahm er mit einem Sprung.

Hinter ihm krachte das Eisen ins Treppengeländer.

»Ich liebe meinen Sohn! Ich liebe ihn!«, keuchte Frau Lichte und schlug erneut zu. Wieder verfehlte sie Tim. Sie stolperte und fiel hin.

Oben, wo die Galerie begann, stand eine alte Holztruhe. Daneben eine Vitrine mit ostfriesischem Geschirr. Tim kippte die Vitrine. Es war gar nicht schwer, außerdem hatte er plötzlich das Gefühl, Bärenkräfte zu besitzen. Die weißblauen Teetassen und Teller klirrten gegen die Scheiben. Die Türen sprangen auf. Zunächst fiel das Porzellan auf Frau Lichte. Eine Kandisschale knallte ihr auf den Kopf. Die Teekanne zerschellte neben ihren Ohren. Dann gelang es Tim, die ganze Vitrine die Treppe runtersausen zu lassen. Sie fiel auf Frau Lichte. Es sah für Tim aus, als sei Frau Lichte darunter begraben.

Sofort bekam er Gewissensbisse. Hatte er sie schwer verletzt? War das alles noch Notwehr? Musste er ihr jetzt helfen? Er hob die Vitrine an, um nach Kais Mutter zu sehen. Dabei rutschte das Holzding ein paar Stufen tiefer. Frau Lichte atmete noch. Sie hatte die Augen weit aufgerissen. Ihr rechter Arm lag merkwürdig verrenkt neben ihr, so als würde er ihr gar nicht wirklich gehören.

Tim rannte in sein Zimmer. Hier hing sein Handy am Ladegerät. Auf dem Display erkannte er, dass er mehrere Anrufe verpasst hatte. Er griff nach dem Handy wie nach einer Waffe, aber dann zögerte er einen Moment. Wen sollte er anrufen? Die Polizei? Kommissar Lohmann? Einen Krankenwagen? Linas Opa?

Dann polterte es auf der Treppe. Frau Lichte stand auf. Mit wirren Haaren und hängender rechter Schulter torkelte sie auf Tim zu. In ihren Haaren hatten sich weiße Porzellansplitter verfangen wie frischer Schnee. Den Feuerhaken hielt sie in der Linken. Ohne hinzusehen, drückte Tim die Telefonbuchtaste. Dann auf L. Auf dem Display erschien: *Lina. Wählen?* Er bestätigte. Dann traf ihn das Eisen am Kopf. Es tat gar nicht weh. Ihm wurde nur schwarz vor den Augen und er fiel um.

+ + + kapitel 029 + + +

Die Bratkartoffelpfanne stand mitten auf dem Küchentisch. Aber obwohl der Duft wirklich verlockend war, lud sich niemand etwas auf den Teller. Nicht einmal Herr Grün, der Koch persönlich. Zu sehr nahm Doros Berichterstattung sie alle gefangen. Alles ergab plötzlich einen Sinn. Klar, dass Kai sich nicht mit den anderen umziehen wollte. Er wollte nicht, dass seine Klassenkameraden seine Verletzungen sahen. Er schützte seine Mama. Deshalb hatte er alles geheim gehalten. Wenn es besonders schlimm wurde, floh er auf den Dachboden der Schule und schlief dort.

»Was machen wir jetzt?«, fragte Jan. »Sollen wir diesen Kommissar Lohmann informieren?«

»Die Art, wie du an die Information gekommen bist, wird ihm gefallen«, sagte Günter Grün. Aber es klang merkwürdig ironisch, unecht.

»Wieso?«, wollte Doro wissen, denn sie befürchtete, das Ganze könne sich gegen sie wenden.

»Nun«, sagte Günter Grün grimmig, »du bist nicht ganz legal vorgegangen. Das hast du mit ihm gemeinsam. Im Grunde hast du die Informationen gestohlen.«

»Das ist doch jetzt völlig egal!«, rief Lina. In diesem Moment furzte ihr Handy. Opa mochte diesen Klingelton nicht. Deshalb ging Lina sofort ran. Auf dem Display stand: *Anruf von Tim.*

»Ja, hallo, Tim? Wir haben die ganze Zeit versucht, dich anzurufen. Du glaubst nicht, was passiert ist ... Tim?«

Lina drückte das Gerät an ihr linkes Ohr und lauschte.

»Na, der wird erleichtert sein. Für ihn ist das ja so was wie ein Freispruch«, sagte Jan.

»Ich habe immer gewusst, dass er total unschuldig ist!«, rief Doro, stolz darauf, es nun auch bewiesen zu haben.

»Psst! Seid doch mal ruhig!«, forderte Lina. »Ich versteh gar nichts.«

Alle schwiegen und Günter Grün nutzte die Chance, um sich Bratkartoffeln auf den Teller zu laden. Er hatte das Gefühl, es könnte noch ein langer Tag werden, und er wollte eine gute Grundlage haben.

Lina spürte ein Kribbeln in der Magengegend. Alles zog sich in ihr zusammen. Etwas stimmte nicht. Tim rief sie an, sagte aber nichts. Stattdessen hörte sie es krachen und schweres Atmen. Hatte er den Fernseher an?

»Tim?«, brüllte sie ins Telefon. »Tim?«

Da war ein Flüstern, aber obwohl sie den Lautsprecher auf volle Stärke schaltete, konnte sie kaum etwas verstehen. Es war die Stimme einer Frau. Heiser und weit weg.

Doro nahm Lina das Handy ab und lauschte. Da weinte jemand. »Ich bin eine gute Mutter. Eine gute Mutter.«

»Sie ist bei Tim«, flüsterte Doro.

Günter Grün schob den Teller wieder von sich weg. Aus der guten Grundlage würde nichts werden. Sie stürmten alle gleichzeitig nach draußen.

+ + + kapitel 030 + + +

Kais Mutter hob Tims Arm hoch und ließ ihn wieder fallen. Sie fragte sich, ob der Junge tot war. Zweifellos hatte er den Tod verdient, dachte sie. Doch jetzt, da er so bewegungslos dalag, tat er ihr plötzlich Leid. Sie streichelte seine Haare. Er war doch auch nur ein Kind wie ihr Sohn. Sie hätte sich gerne länger um ihn gekümmert, aber sie hatte keine Zeit für andere Kinder. Sie musste zu ihrem eigenen Sohn. Sie spürte, dass er sie brauchte.

»Ja«, sagte sie, »ich weiß, du beneidest Kai. Du hast nicht so eine gute Mutter. Deine ist immer weg. Sie kümmert sich nicht um dich. Ich weiß. Du warst nur eifersüchtig auf Kai. Du bist nicht schlecht. Du bist eigentlich ein guter Junge.«

Sie versuchte, Tim umzudrehen, um ihm ins Gesicht sehen zu können. Es war schwer. Sie keuchte wie bei einer schweren Arbeit.

Tims Gesicht hatte etwas Puppenhaftes. Das rechte Auge war zugeschwollen. Sein Haar blutverklebt. Durch das linke Auge sah er Frau Lichte wie in einem Nebelschwaden. Er hatte keine Angst. Ja, er wunderte sich über sich selbst. Es war ein seltsames Gefühl. Als sei er jenseits der Angst. Wie damals bei seiner ersten Operation. Erst hatte er gedacht, er müsste vor Aufregung sterben. Aber dann bekam er eine Spritze, und alles wurde plötzlich ganz leicht. Als er in den Operationssaal gefahren wurde, hatte er die Ärzte in ihrer komischen Verkleidung ausgelacht.

Jetzt war ihm nicht nach Lachen zumute, und er fragte sich, ob das hier das Ende war. Er hatte in einem Film gehört, man würde – wenn man stirbt – sein ganzes Leben im Schnelldurchgang noch einmal sehen. Er wartete auf die Bilder, aber sie kamen nicht. Entweder war das im Film Blödsinn gewesen oder er starb jetzt noch nicht.

Er wusste, dass Kais Mutter ihn niedergeschlagen hatte. Er spürte das warme Blut auf seinem Kopf, aber ihm tat nichts weh.

Frau Lichte spuckte auf ihren Ärmel und wischte ihm damit das Gesicht ab. »Du musst das verstehen«, sagte sie. »Ich kann nicht bei dir bleiben. Ich muss meinen Sohn aus dem Krankenhaus holen. Die behandeln ihn da nicht richtig. Die stopfen ihn nur mit Medikamenten voll. Er erkennt mich schon gar nicht mehr.« Sie lachte höhnisch. »Erkennt seine eigene Mutter nicht. Wo gibt es denn so was! Die Ärzte haben keine Ahnung. Die machen nur Mist. Man kann Menschen nicht nur mit Tabletten helfen. Wahre Mutterliebe heilt. Ich muss jetzt zu ihm. Ich werde ihn von dir grüßen und ihm sagen, dass er vor dir keine Angst mehr haben muss. Bestimmt werdet ihr Freunde werden. Du tust ihm doch jetzt nichts mehr – oder – Tim?«

Tim versuchte zu nicken. Sein Verstand gab den Halswirbeln und der Nackenmuskulatur den dringenden Befehl, jetzt sofort zu nicken. Aber es haperte an der Ausführung.

Nicke ich? Oder will ich nur nicken?, fragte Tim sich. Er wollte Kais Mutter auf keinen Fall wütend machen. Er war bereit, alles zu tun, um sie zu besänftigen. Hauptsache, sie flippte nicht wieder aus.

»Ich wollte dir nicht wehtun«, sagte Frau Lichte und streichelte Tim. »Du bist selber schuld. Ich wollte nur in Ruhe mit dir reden. Aber du hast mir die Tür vor der Nase zugehauen. Mit Porzellan hast du mich beworfen! Was meinst du, wie sauer deine Eltern sein werden, wenn sie die Schweinerei sehen, die du angerichtet hast?«

Aus ihrem Mund flogen Speichelbläschen in Tims Gesicht. Er spürte eine neue Welle der Wut in ihr aufsteigen. Er versuchte, seine Beine zu bewegen. Aber die Muskulatur gehorchte ihm nicht.

»Deine Eltern müssen ja nichts davon erfahren. Also, ich kann schweigen – wenn du es auch kannst.«

Hau ab, du verrücktes Huhn, dachte Tim. Hau endlich ab. Als hätte sie seine Wünsche gehört, stand sie auf und ging mit schleppenden Schritten zur Tür. Dort drehte sie sich noch einmal um.

»Mach dir keine Sorgen. Das ist jetzt unser Geheimnis. Solange wir zusammenhalten, kann uns nichts passieren. Wir sind doch Freunde, wir zwei – oder?«

»Ja!«, röchelte Tim. »Freunde. Wir sind Freunde.«

Dann verschwand Frau Lichte aus seinem Blickfeld. Tim versuchte, zum Handy zu kommen. Es lag keine zwei Meter von ihm entfernt auf dem Boden. Er musste es erreichen. Er zog sich mit den Armen vorwärts. Dann kroch er wie eine Schlange, aber die Anstrengung war zu groß.

Er verlor das Bewusstsein.

+ + + kapitel 031 + + +

Die Ringe waren verstopft und von den Rheinbrücken tropfte der Nachmittagsverkehr nur zäh ab, während immer mehr Fahrzeuge in die Innenstadt drängten. Die Luft roch nach Abgasen, und eine feuchte Schwüle machte den Menschen zu schaffen. Die Luft stand über der Stadt wie eine Käseglocke. Nur über dem Rhein frischte es ein bisschen auf.

Linas Großvater hielt sich an keine Verkehrsregeln und erst recht an keine Geschwindigkeitsbegrenzung. Er fuhr, als ob er ein Blaulicht auf dem Dach hätte. Da sein Auto aber nicht wie ein Polizei- oder Rettungswagen aussah, wurde seine Jagd durch die Innenstadt bald schon von wütenden Hupkonzerten und schimpfenden Autofahrern begleitet.

Lina drückte ihr Handy ans Ohr. Sie verstand bruchstückhaft, was Frau Lichte zu Tim sagte. Und was Lina hörte, machte ihr Angst. Schlimmer aber noch fand sie, dass sie nichts von Tim mitbekam. Lebte er überhaupt noch?

»Gib Gas, Opa! Sie macht ihn fertig!«, flüsterte Lina. Sie saß vorne neben ihrem Opa. Hinten im Auto teilten sich Jan und Doro den Rücksitz. Doro telefonierte mit Kommissar Lohmann. Der kam gerade mit dicker Backe aus der Praxis von Dr. Dohle. Kommissar Lohmanns Unterlippe hing herunter. Dr. Dohle war ein guter Zahnarzt. Kommissar Lohmann fragte sich, warum er sich immer wieder vor Zahnärzten gedrückt hatte. Eigentlich hatte er nur gute Erfahrungen mit ihnen gemacht. Danach ging es ihm immer wesentlich besser.

Kommissar Lohmann konnte noch nicht gut reden. Die Betäubungsspritze lähmte seine Zunge und seine Lippen immer noch ein bisschen. Aber er regte sich sofort auf, als Doro Mayer ihm erzählte, sie habe sich Kai Lichtes Festplatte angesehen.

»Wer führt hier eigentlich die Ermittlungen? Ihr oder ich?«, brüllte er.

»Ich habe jetzt keine Zeit, mit Ihnen zu diskutieren! Kommen Sie lieber schnell zu Tim Sommerfeld! Frau Lichte ist bei ihm. Er braucht Hilfe!«

»Ja, soll ich sie verhaften? Aufgrund welcher Tatsachen denn? Sie besucht einen Klassenkameraden von ihrem Sohn. Na und?«

Doro glaubte, auf diesem Wege nicht weiterzukommen. Sie drückte den roten Knopf, um das Gespräch zu beenden. Dann beugte sie sich vor und seufzte: »Ich denke, wir müssen die Sache selbst in die Hand nehmen.«

Günter Grün drückte die Hupe und fuhr über eine Kreuzung, obwohl die Ampel auf Rot stand. Jan hielt sich die Augen zu.

Günter Grün sagte: »Keine Sorge, Kids! Ich fahre seit dreißig Jahren unfallfrei.«

Zwei Straßenzüge vor der Villa Sommerfeld wurde Opas Renault bereits von zwei Polizeiwagen verfolgt, die seine Fahrt stoppen wollten. Allerdings vergeblich. Mit quietschenden Reifen hielt Günter Grün vor der Villa. Hinter ihm stellten sich zwei Polizeiwagen quer, um ihm den Rückweg zu versperren.

Jan, Lina und Doro stürmten über den Kiesweg zum Eingang. Sie sahen die zersplitterte Fensterscheibe neben der Tür. Opa Grün war nicht ganz so schnell. Er wurde von zwei Uniformierten gestoppt.

»Na, da seid ihr ja endlich, Kollegen!«, sagte Günter Grün höflich zur Begrüßung. Aber darüber konnten die beiden nicht lachen. Sie wollten seine Fahrzeugpapiere sehen und seinen Führerschein. Er sei gefahren wie ein Geisteskranker, fauchte ein Beamter mit leicht ausländischer Sprachfärbung. Günter Grün tippte auf italienisch oder französisch.

»Das habe ich in einer Sonderschulung für Spezialeinsätze auf der Polizeischule gelernt«, sagte Günter Grün nicht ohne Stolz.

»So, so. Uns hat man beigebracht, wie man sich an die Verkehrsregeln hält«, konterte der andere. Er hatte einen kleinen

Schnurrbart. Die blonden Härchen zitterten ganz leicht beim Sprechen.

»Haben Sie getrunken?«, fragte der mit dem Akzent. Da sah der andere, dass alle drei Jugendlichen durch ein eingeschlagenes Fenster in die Villa einstiegen. Er zeigte auf die drei: »He! Was wird das denn da?«

Aus dem zweiten Polizeiwagen stiegen jetzt ebenfalls die Kollegen aus. Kurz entschlossen legte einer Günter Grün Handschellen an und befestigte sie an der Autotür. Dann rannten sie alle hinter den Jugendlichen her.

Günter Grün schrie: »He! Was soll das? Ich bin doch kein Krimineller! Ich habe euch hierher geführt, ich ...«

Schon waren sie alle im Haus verschwunden.

Günter Grün sah sich um. Er brauchte etwas, um die Handschellen zu öffnen. Sie hatten das schon auf der Polizeischule geübt und auf bunten Abenden vorgeführt. Nichts war leichter zu knacken als ein Handschellenschloss. Er konnte es in Sekunden mit einer Haarnadel, einer Sicherheitsnadel, einem Stückchen rostigen Draht, ja, er hatte es sogar schon mit einem Pommespiker geschafft.

Aber etwas brauchte er. Etwas, mit dem er in dem Schloss herumstochern konnte.

Da sah er in dem Polizeiwagen, an den er gekettet war, eine Tüte mit Pfeifenputzern. Na prima. Ein Pfeife rauchender Polizist. So ein Pfeifenputzer war für Günter Grüns Zwecke ideal. Biegsam und dünn. Er angelte sich die Tüte, und Sekunden später baumelten die Handschellen einsam an der Autotür. Günter Grün lief zur Villa. Auch er stieg durchs Fenster ein. Die Scherben knirschten unter seinen Schuhen.

Vier Polizeibeamte standen um die drei Freunde herum. Sie waren in der Eingangshalle wie eingekesselt.

Lina schrie die Beamten an: »Wir haben jetzt für Ihren Mist keine Zeit! Wir müssen das Haus durchsuchen! Unser Freund Tim ist hier irgendwo!«

»Erst mal gebt ihr uns jetzt eure Personalausweise. Dann sagt ihr uns, was ihr hier wollt und wer die Scheibe zertrümmert hat.«

Lina war außer sich: »Ja, sind wir denn hier bei Günther Jauch, oder was?«

Doro hörte ein Stöhnen.

»Wieso?«, fragte der Polizist mit dem Akzent zurück. »Muss man bei Jauch seinen Ausweis zeigen?«

»Nein«, konterte Lina. »Aber blöde Fragen beantworten.«

»Seid doch mal ruhig!«, forderte Doro scharf. »Ich höre was. Es kommt von da.«

Alle lauschten.

Günter Grün räusperte sich, weil ihn keiner bemerkte.

»He, wie ist der denn die Handschellen losgeworden?«

Günter Grün grinste. »Ja, Kollegen, das mit dem Verhaften müssen wir noch ein bisschen üben.«

Doro bückte sich blitzartig und verließ wie ein Hund auf allen vieren zwischen den Beinen der Beamten den Kreis. Sie rannte zu der Tür, hinter der sie das Geräusch gehört hatte. Jan wollte hinter ihr her, aber er war zu langsam. Der Polizist mit dem Schnurrbart packte Jan unsanft und drehte ihm den Arm auf den Rücken. Dann zeigte er auf die Vitrine, die umgekippt auf der Treppe lag, und auf die Scherben: »Habt ihr das gemacht?«

»Nein«, stöhnte Jan, »das war schon so, als wir reinkamen.«

Doro sah Tim und schrie: »Einen Krankenwagen! Schnell! Einen Krankenwagen!« Dann beugte sie sich über Tim: »War das Kais Mutter?«

Er antwortete ihr nur mit einem Wimpernschlag. Aber das verstand Doro nicht.

»Ist sie noch hier?«

Sofort veränderte sich für die Polizeibeamten die Situation. Sie kapierten, dass Jan, Lina und Doro nicht die Übeltäter waren, sondern Retter. Nur Günter Grün war ihnen immer noch nicht ganz geheuer.

Er sagte: »Wir haben von Tim Sommerfeld einen Notruf erhalten und sind gleich los.«

Tim versuchte zu sprechen. Es waren nur Grunzlaute, aber Doro kapierte diesmal sofort: »Sie ... iss ... ai ...«

»Sie ist zu Kai?«

Tim lächelte. Sie hatte ihn verstanden.

Kommissar Lohmann traf abgehetzt ein und staunte angesichts der Lage.

Doro wendete sich an die Uniformierten: »Wir müssen zum Krankenhaus. Kai Lichtes Mutter hatte wieder einen Wutanfall. Sie hat das hier angerichtet. Sie hat Tim zusammengeschlagen. Jetzt will sie zu ihrem Sohn. Wir müssen sofort hin. Wer weiß, was sie ihm antut.«

Das hörte sich für den Schnurrbart klug an. Er wollte los, aber Kommissar Lohmann brüllte: »Moment mal! Wer leitet hier die Ermittlungen? Die Kinder oder ich?«

»Sie natürlich, Kommissar Lohmann!«, sagte der Schnurrbart brav und fragte: »Was schlagen Sie vor?«

Kommissar Lohmann räusperte sich: »Wir müssen sofort zum Krankenhaus!«

»Gute Idee!«, lobte Doro den Kommissar und zwinkerte ihm unverschämt zu. Sie selbst beschloss aber, bei Tim zu bleiben und auf die Ankunft des Krankenwagens zu warten. Mit der Hilfe eines Beamten bettete sie Tim aufs Sofa. Dann holte sie ihm ein Glas Wasser. Er trank gierig.

Günter Grün wollte mit Lina und Jan zum Krankenhaus fahren. Aber Lina wollte ihrem Opa nicht seinen Saunatag verderben. Er hatte schon genug für sie alle getan, fand sie.

»Saunatag!« Er winkte ab. »Ich fahre doch jetzt nicht in die Sauna!«

»Nehmen Sie Jan und mich mit ins Krankenhaus?«, bat Lina Kommissar Lohmann. Der zögerte einen Moment und schüttelte dann den Kopf. Dafür zwinkerte Opa den jungen Leuten zu.

Draußen hatte der Fahrer vom Rettungswagen Mühe, nah an die Villa heranzukommen. Zwei Polizeiwagen, der Renault von Günter Grün und die Schrottkarre von Kommissar Lohmann blockierten die Durchfahrt. Kommissar Lohmann sah die Handschellen an der Tür des Polizeiautos baumeln und fragte sich, was geschehen war. Der Schnurrbart registrierte Lohmanns Blick und sagte: »Das erkläre ich Ihnen später.«

Lina und Jan stiegen zu Günter Grün in den Renault.

Lohmann war froh, die Kinder los zu sein.

+ + + kapitel 032 + + +

Der Pförtner im Krankenhaus hatte keine Veranlassung, Frau Lichte aufzuhalten. Eine Mutter besuchte ihren Sohn. Wer wollte etwas dagegen haben?

Sie fuhr mit dem Fahrstuhl hoch. Ihr rechter Arm hing unnatürlich herab, so als sei er mal gebrochen gewesen und falsch wieder zusammengewachsen.

Der Pförtner sah der Frau nach. Er fand es nicht seltsam, dass sie so einen stechenden Blick hatte und so blass war. Immerhin rang ihr Kind auf der Intensivstation mit dem Tod. Er hatte schon Eltern gesehen, die in so einer Situation wie Zombies wirkten. Manche nahmen so viele Beruhigungstabletten, dass sich ihr Gang verlangsamte und sie sich wie in Zeitlupe bewegten.

Kai Lichte lag allein im Zimmer. Das Bett neben ihm war leer. Es waren einige medizinische Geräte und zwei Tropfe angeschlossen.

Eigentlich sollte er die ganze Zeit unter Beobachtung stehen, aber die Sparmaßnahmen hatten längst auch dieses Krankenhaus erreicht. Die Beobachtung übernahmen Maschinen. Dr. Schneider, der Dienst habende Stationsarzt, hatte siebzehn Arbeitsstunden hinter sich. Er war für den ganzen Flur verantwortlich und hatte sich für einen Moment hingelegt. Der Zivi telefonierte mit seiner Freundin, die seit drei Wochen scheibchenweise telefonisch Schluss mit ihm machte. Krankenschwester Inge zählte Pillen in kleine Schachteln ab und dachte darüber nach, was sie mit einem Lottogewinn tun würde.

Kai war also ganz allein und schutzlos, als seine Mutter das Zimmer betrat. Sie schloss sorgfältig die Tür hinter sich. Dann streichelte sie ihren Sohn und küsste ihn auf die Stirn.

»Was haben sie nur mit dir gemacht?«, fragte sie voller Mitleid. »Sie lassen all dieses Gift in deine Adern fließen, damit du vor dich hin dämmerst und nicht mal deine eigene Mutter erkennst. Künstliches Koma. Die spinnen doch. Ich hole dich zu mir ins Leben zurück.«

Sie zog die Nadeln aus seinem Handgelenk. Die Schläuche von den beiden Tropfen baumelten jetzt nutzlos herab. Frau Lichte zog Kais Bettdecke weg. Ihr Sohn hatte ein weißes Krankenhaushemd an, am Rücken frei. Sie zog es ihm aus. »In so einem Engelshemd kann man gar nicht gesund werden. Die sind zum Sterben gemacht.«

Kais Beine waren eingegipst und von seiner linken Schulter ging ein Gipsverband bis zu den Fingern.

Frau Lichte schaltete alle medizinischen Geräte ab und riss dann die Kabel von Kais Körper. Sie suchte im Kleiderschrank nach Kais Sachen. Sie waren nicht da. Sie zog ihr Sweatshirt aus und versuchte, es Kai anzuziehen. Das war wegen des eingegipsten Armes nicht leicht. Außerdem half der bewusstlose Kai natürlich nicht mit. Sie schnitt den linken Ärmel einfach auf. Dann zog sie sich die Jeans aus und schnitt die Beine ein. Sie versuchte gerade, ihren Sohn in die Jeans zu zwängen, als Krankenschwester Inge, noch immer vom Lottogewinn träumend, ins Zimmer kam, um nach Kai zu sehen. Sie registrierte die ungewöhnlichen Bilder: Die Frau in Unterwäsche. Die Tropfe. Kai im Sweatshirt. Bevor Schwester Inge schreien konnte, griff Frau Lichte sich einen Stuhl und schlug zu.

»Du lässt meinen Sohn in Frieden, du dumme Kuh! Das ist mein Sohn! Nicht deiner!«

Schwester Inge fiel zu Boden.

Auf dem Flur hatte Frau Lichte einen Rollstuhl gesehen. Den holte sie jetzt herein. Sie hob Kai in den Stuhl. Dann legte sie eine Decke über seine Beine. Sein Kopf fiel nach hinten, weil die Halsmuskulatur erschlafft war. Mit Klebeband befestigte Kais Mutter seinen Kopf so, dass er jetzt nach vorne hing, wie bei einem Menschen, der eingenickt war. Dann zog sie Schwester Inge den weißen Kittel aus, legte die Frau in Kais Bett und deckte sie zu.

Sie war bei der Arbeit ins Schwitzen gekommen. Für einen Moment überlegte sie, ob sie duschen sollte. Dann entschied sie sich anders. Sie musste erst ihren Sohn retten. Manchmal, dachte sie, muss eine Mutter ihre eigenen Bedürfnisse für ihr Kind zurückstellen. Sie hatte gelernt zu verzichten. Erst kam Kai. Dann alles andere. Er war der wichtigste Mensch auf der Welt für sie.

Sie zog sich den weißen Kittel von Schwester Inge an und schob Kai über den Flur zum Fahrstuhl.

+ + + kapitel 033 + + +

Tim wurde sofort notversorgt. Weil sein Blutverlust so groß war, bekam er einen Tropf. Außerdem Sauerstoff. Der Notarzt sprach Tim mehrfach an, aber er bekam keine Antwort.

Ein Sanitäter sah Doro an, weil sie kein Wort herausbekam und aus Sorge um Tim ganz verheult aussah. »Willst du mitfahren?«, fragte er sie.

Sie nickte. Auf dem Weg zum Rettungswagen wollte er wissen: »Seid ihr verwandt?«

»Nein«, sagte Doro. »Viel schlimmer. Wir sind Freunde.«

Dann ärgerte sie sich über ihre Aussage. Was rede ich bloß für einen Mist, dachte sie.

Im Rettungswagen saß sie neben Tim und hielt seine Hand. »Wird er überleben?«, fragte sie mit zitternden Lippen den jungen Sanitäter.

Der zuckte mit den Schultern: »Keine Ahnung. Da musst du unseren Arzt fragen.«

Der Arzt hatte Doro gehört. Er ersparte ihr die Wiederholung der Frage: »Er wird es schaffen. Da bin ich sicher. Aber die nächsten paar Tage wird er wohl bei uns bleiben müssen. Weißt du, wie das passiert ist? Er hat einen ziemlichen Schlag gegen den Kopf bekommen. Das muss genäht werden.«

»Ich glaube«, sagte Doro mit trockenem Hals, »das war die Mutter von einem Klassenkameraden von uns.«

Ungläubig sah der Notarzt Doro an. »Eine Mutter? Bist du sicher?«

+ + + kapitel 034 + + +

Kommissar Lohmann wollte das Krankenhaus eigentlich als Erster betreten. Er fand, das stehe ihm rein stellungsmäßig zu. Aber Opa Grüns Renault war kurz vor ihm da. Kommissar Lohmann sah Jan und Lina aus dem Auto springen, während er selbst noch einparkte. Der Polizist mit dem Akzent und der Schnurrbart waren noch langsamer. Aber Jan und Lina wurden vom Pförtner gestoppt: »Halt! Euch kenn ich doch!«

Lina konnte er packen. Aber Jan entkam. Er nahm den Fahrstuhl nicht, denn der befand sich im oberen Stock, wie die Leuchtschrift zeigte. Bis der unten ist, dachte Jan, bin ich oben.

Lina sah nur noch Jans Rücken. »Sie müssen uns durchlassen!«, schrie sie. »Es geht um Kai Lichte!« Sie hatte das Gefühl, es könnte um Leben und Tod gehen und um jede einzelne Sekunde. Aber der Pförtner nahm seine Aufgabe ernst. Er hielt Lina fest.

»Sie behindern eine polizeiliche Maßnahme«, sagte Lina sachlich. Das irritierte den Pförtner. Dann biss Lina ihn in den linken Ringfinger. Vor Schmerz ließ er Lina los. Sie rannte hinter Jan die Treppen hoch.

Jetzt stürmten Kommissar Lohmann und der uniformierte Schnurrbart herein, dicht gefolgt von dem Beamten mit dem Akzent.

Günter Grün stand abgehetzt neben dem Eingang. Ich sollte mehr Sport machen, dachte er, ich komme zu schnell aus der Puste.

Kommissar Lohmann warf Günter Grün einen wütenden

Blick zu. Jetzt wollte sich ihnen zu allem Überfluss auch noch der Pförtner in den Weg stellen, aber Kommissar Lohmann zischte nur: »Dies ist eine polizeiliche Aktion. Bitte behindern Sie die nicht.«

Der Pförtner ließ die Arme hängen. »So etwas Ähnliches habe ich gerade schon einmal gehört«, sagte er.

Dann rannten Kommissar Lohmann und die anderen hinter Lina und Jan die Treppen hoch. Zwei Beamte blieben unten. Sie sollten aufpassen und Frau Lichte festhalten, falls sie versuchen würde, das Krankenhaus zu betreten oder zu verlassen.

Der Fahrstuhl bewegte sich Stockwerk für Stockwerk tiefer. Dann stieg eine Krankenschwester aus. Sie schob einen Rollstuhl. Darin saß ein scheinbar eingeschlafener Junge mit eingegipsten Armen und Beinen und einem Verband am Kopf. Niemand beachtete sie. Alle suchten Frau Lichte.

+ + + kapitel 035 + + +

Jan erreichte das Zimmer von Kai Lichte in der Intensivstation als Erster. Er riss ungestüm die Tür auf. Im Bett lag eine leicht verwirrte, halbnackte Frau. Sie kreischte sofort los, als sie Jan sah. Sie hielt sich die Hände schützend vor den Kopf, als erwarte sie einen Angriff.

»Oh, entschuldigen Sie!«, rief Jan und schloss die Tür sofort wieder. Er vermutete, einfach ins falsche Zimmer gelaufen zu sein.

Jetzt kam Lina vor der Tür an. »Was ist?«, fragte sie Jan. »Willst du nicht rein?«

»Da ... da ist Kai nicht. Nur eine Frau, die kreischt.«

Lina drängte Jan von der Tür weg. »Das hör ich selbst.«

Jan wollte Lina daran hindern, in das Zimmer zu gehen. »Wir sollten sie nicht noch mal stören«, sagte er.

»Meinst du, die schreit so, weil sie dich gesehen hat? Du siehst zwar zum Fürchten aus, aber so schrecklich nun doch nicht.«

Kommissar Lohmann hechelte die Treppen hoch. In seinen Augen flackerte der Blick von einem Mann, der zwar zu allem entschlossen ist, aber im Grunde längst weiß, dass er dafür zu alt geworden ist.

Kaum hatte Lina die Tür einen Spalt weit geöffnet, flog von innen etwas dagegen und schepperte auf den Boden. Gleichzeitig leuchteten oben über der Tür die Alarmsignale. Schwester Inge hatte den Notruf gedrückt. Sie wusste nicht genau, was hier los war, aber sie war gerade niedergeschlagen worden. Jemand hatte sie ausgezogen und sie war im Bett des schwer verletzten Patienten wach geworden.

Sie würde sich jetzt gegen jeden Angreifer verteidigen und nur bekanntes Krankenhauspersonal in den Raum lassen. Sie sah sich nach Waffen um.

Vor der Tür entschied Kommissar Lohmann: »Geht mal da weg. Lasst mich das machen.«

Er rückte seine Sachen zurecht und öffnete die Tür. Schwester Inge warf mit einer Urinflasche. Sie war schwer und aus Glas, aber zum Glück leer. Sie verfehlte den Kopf von Kommissar Lohmann nur knapp, zersplitterte aber auf dem Boden im Flur. Dann benutzte Schwester Inge die Stange, an der die Infusionen für Kai hingen, als Lanze und ging damit auf Kommissar Lohmann los. Dabei brüllte sie: »Attacke!« Einerseits wollte sie sich damit Mut machen. Andererseits hoffte sie, durch den Schrei auf sich aufmerksam machen zu können.

Kommissar Lohmann sprang zur Seite. Die Lanze ging ins Leere. Schwester Inge stolperte durch die Wucht ihres Angriffs in den Flur. Sie fiel. Der Schnurrbart fing sie auf. Er sah richtig stolz aus, als er sie zappelnd im Arm hielt.

Dr. Schneider, der Stationsarzt, stand vom Lärm geweckt auf. Die Notsignale im Flur. Schwester Inge in Unterwäsche im Arm eines Polizisten. Die Scherben am Boden. Er registrierte das alles und wusste, dass er irgendetwas sehr Wichtiges verschlafen hatte.

Kommissar Lohmann informierte den Arzt darüber, was geschehen war. Dann fragte er Dr. Schneider: »Was passiert mit dem Jungen – ich meine, ohne ärztliche Behandlung?«

Dr. Schneider sah besorgt aus. »Er wird wach werden und fürchterliche Schmerzen bekommen. Die Medikamente halten nicht lange vor. Wir versorgen die Patienten lieber in kleinen Dosen.«

»Was heißt das? Wann wird er wach?«

Dr. Schneider zuckte mit den Schultern. »In zwei, drei Stunden, schätze ich. Finden Sie ihn, Herr Kommissar, so schnell es geht. Das Kind ist im Moment gar nicht transportfähig.«

Kommissar Lohmann nickte. Dann brachte er seinen Mund ganz nah an Dr. Schneiders Ohr. Der Kommissar schielte dabei zu den anderen. Niemand außer Dr. Schneider sollte seine Worte hören: »Kann der Junge das überleben?«

»Lange jedenfalls nicht«, antwortete der Arzt wahrheitsgemäß.

Unten auf dem Parkplatz lud Frau Lichte ihren Sohn in ihren braunen Kombi. Sie musste dazu die Ladefläche vergrößern und die Rücksitze umklappen. Dann legte sie den Rollstuhl zusammen und packte ihn auf den Beifahrersitz.

Sie lenkte den Wagen ruhig, ohne aufzufallen, vom Parkplatz. Sie hatte den Polizeiwagen gesehen. Sie wusste, dass sie nicht nach Hause zurück konntc. Dort würde man sie sofort abholen und einsperren. Sie konnte nicht ins Gefängnis und erst recht in keine Psychiatrie. Sie war eine Mutter. Eine Mutter gehörte zu ihrem Kind, dachte sie.

Kai stöhnte hinten im Wagen.

»Keine Angst, mein Kleiner. Mami lässt dich nicht alleine«, sagte sie liebevoll. Als er nicht antwortete, fügte sie hinzu: »Du kannst dich auf deine Mama verlassen.«

+ + + kapitel 036 + + +

Plötzlich spielten Lina und Jan keine Rolle mehr. Gerade hatten sie noch im Mittelpunkt gestanden. Kommissar Lohmann wollte alles ganz genau wissen. Dann dirigierte der Kommissar am Telefon scheinbar eine kleine Armee. Er sprach in kurzen, klaren Sätzen mit Annette Köster.

Fasziniert sah Lina ihm zu. Er ging mit seinem Handy auf und ab. »Alle Bahnhöfe, Flughäfen, Autobahnausfahrten! Das ganze Besteck! Reden Sie keinen Scheiß. Ich habe für Ihren Mist jetzt keine Zeit! Wir suchen eine als Krankenschwester verkleidete Frau. Sie hat einen schwer verletzten Jungen bei sich. Kann man nicht übersehen. Arme und Beine in Gips. Die Frau ist Anfang vierzig. Sie hat ... ach, du kennst Frau Lichte ja. Dann mach du die Beschreibung. Und dann sofort zwei Wagen zur Wohnung von Lichte. Die Computer beschlagnahmen. Ich brauche eine Auswertung der Festplatte. Aber bis gestern, wenn ich bitten darf! Und eine Liste von ihrem Bekanntenkreis. Die letzten Urlaubsorte. Wo kann sie sich verstecken? Alle Hotels innerhalb des Rings werden überprüft!«

Durch seinen eigenen Befehlston aufgestachelt, stolzierte Kommissar Lohmann mehr, als dass er ging. Jetzt lauschte er einen Moment ins Handy. Da er aber versehentlich auf ganz laut geschaltet hatte, brüllte Annette Köster lauter zurück, als wenn sie neben ihm gestanden hätte: »Und wie soll ich das alles hinkriegen? Ich sitz hier ganz alleine und ...«

Kommissar Lohmann hielt sich das Handy einen halben Meter vom Kopf weg. Es passierte ihm immer wieder, dass das

Handy auf maximale Lautstärke umsprang, wenn er es beim Telefonieren zu fest in der Hand drückte. Er keifte: »Das ist mir scheißegal, wie du das hinkriegst! Ich flippe aus, wenn jetzt nicht jeder funktioniert!«

»Du flippst jetzt schon aus«, sagte Annette Köster sachlich. »Wenn du so weitermachst, kriegst du einen Herzinfarkt, Lohmann.«

Plötzlich hätte er heulen können. Hörte er da so etwas wie Mitgefühl aus ihren Worten? Machte sie sich Sorgen um ihn?

Dann wendete sich Kommissar Lohmann an Lina und Jan: »Was wollt ihr denn noch hier?«

»Wir haben Sie hierhin gebracht«, flötete Lina. Aber für Kommissar Lohmann spielte das jetzt keine Rolle mehr. Sie waren ihm nur noch im Weg.

»Ich werde euch nach Hause fahren lassen, aber ich brauche jetzt jeden Mann und jeden Wagen.«

Günter Grün hatte Kommissar Lohmanns Gespräch mit Annette Köster sehr aufmerksam mit angehört. Er wusste jetzt, wo er hingehörte. Pensioniert hin, pensioniert her. Seine alte Dienststelle brauchte ihn jetzt. Er wäre nicht Günter Grün gewesen, der dort vierzig Jahre treu seine Pflicht getan hatte, wenn er jetzt kneifen würde.

Er beschloss, die Kinder nach Hause zu fahren und sich dann in seiner alten Dienststelle Annette Köster zur Verfügung zu stellen. Er wollte ihr die Sache nicht aus der Hand nehmen. Er war Teamwork gewöhnt. Sie sollte ruhig bestimmen, wo es langging. Er kannte viele Mittel und Wege. Und wenn er ihr nur beim Telefonieren behilflich sein konnte. Günter Grün hatte das Gefühl, wieder gebraucht zu werden. Es tat ihm verdammt gut. Er sagte Kommissar Lohmann nichts von seinem Entschluss.

Er fuhr Jan und Lina zu seiner Wohnung. Die zwei waren für heute erledigt, fand er. Sie hatten eine ganze Menge mitgemacht und sich tapfer geschlagen. Der Rest war eine Arbeit für Erwachsene.

»So«, sagte er zu ihnen. »Jetzt macht euch einen ruhigen Abend. Ich guck mal, ob so ein altes Schlachtross wie ich noch im Einsatz gebraucht wird.«

Lina und Jan sahen Günter Grüns Renault nach, wie er um die Ecke bog.

»Denkt der, dass wir jetzt fernsehgucken oder was?«, fragte Jan ungläubig.

Lina wollte die Tür aufschließen. Sie zögerte plötzlich.

»Was ist?«, fragte Jan.

»Er hat etwas vergessen.«

»Wer?«

»Na, Kommissar Lohmann«, sagte Lina. Sie ließ die Wohnungstür geschlossen und steckte den Schlüssel wieder ein.

»Was denn?«

»Er lässt Hotels überwachen, Autobahnausfahrten und ...«

Jan unterbrach Lina: »Ja, das habe ich auch gehört. Was hat er denn vergessen?«

»Tim.«

»Häh?« Jan verstand den Zusammenhang nicht sofort.

Lina erklärte: »Sie hat Kai aus dem Krankenhaus geholt. Wer sagt uns, dass sie sich nicht auch noch Tim holt?«

Jan pfiff durch die Lippen. Da konnte etwas dran sein.

+ + + kapitel 037 + + +

Frau Lichte hatte Mühe, ihren Sohn in den Wohnwagen zu bekommen. Die Tür war zu eng. Mit den Gipsverbänden waren Kais Arme und Beine zu sperrig.

Sie holte die alte Geflügelschere und schnitt zunächst den Gips am Arm auf. Das alles fand draußen statt, hinter der Rosenhecke. Die hatte sie noch mit ihrem Mann zusammen gepflanzt. Damals war Kai noch keine zwei Jahre alt gewesen. In dem Wohnwagen gegenüber kampierte in den Sommerferien auch eine gute Mutter mit ihren Kindern. Früher – als die Kinder klein waren – kam die Familie an jedem Wochenende. Jetzt waren sie nur noch selten zu Gast. So wie ihr Vorgarten und ihr Zelt aussahen, waren sie schon seit Monaten nicht mehr hier gewesen.

Aus dem alten Strandkorb flüchtete eine getigerte Katze. Sie schlief seit Wochen hier. Ihre Pfoten hatten auf dem blau-weißen Stoff Erdspuren hinterlassen. Sie lag immer an der gleichen Stelle, wo sie vor Regen und Wind am besten geschützt war. Dort war jetzt ein grauer, haariger Fleck.

Kai stöhnte wieder. Er begann sich zu bewegen. Sein Gesicht zuckte und seine Bauchmuskulatur hob und senkte sich, als würde er schwer atmen oder hätte Magenkrämpfe. Auch seine Finger sahen aus, als würde er krampfhaft etwas festhalten. Er hatte aber nichts in der Hand.

Zwei Schwäne flatterten über Frau Lichte und Kai in der Luft. Sie machten Lärm. Sie jagten einander. Sie kämpften um die Futterplätze am Rheinufer. Manchmal warfen Menschen etwas von den Caféschiffen und Restaurants ins Wasser. Heute war so ein Tag. Doch je großzügiger sie gefüttert wurden, umso härter kämpften die Tiere um jeden Brocken. Während sie sich gegenseitig verjagten, freuten sich die Enten und Fische. So fiel für sie noch mehr ab.

Frau Lichte tätschelte Kais Wange. »Komm, Kai, hilf ein bisschen mit. Ich mache uns auch gleich Bratwürstchen. Na, ist das nichts?«, frohlockte sie. »Wir werfen den Grill an, und dann essen wir, so viel wir können. Ganz so wie früher.«

Da Kai nicht auf ihre Worte reagierte, glaubte sie, etwas falsch gemacht zu haben. Sie wurde traurig. Doch plötzlich hellte sich ihr Gesicht auf: »Oh, ich habe auch Cola mitgebracht für dich, und deinen Lieblingsketchup.«

Als Kai auch darauf nicht reagierte, versuchte sie erneut, ihn durch die Tür in den Wohnwagen zu zerren. Dann wurde er zu schwer für sie. Sie ließ ihn los. Er lag halb drinnen und halb draußen.

»Du bist ein undankbarer Junge«, zischte sie. Langsam begann seine Ohnmacht sie wütend zu machen. Ein Gedanke entstand in ihrem Kopf. Ein hässlicher Gedanke: Kai tat das alles doch nur aus Trotz, um ihr zu schaden. Manchmal war er ein böser Junge. Das hatte er nicht von ihr. Dann wurde er mehr wie sein Vater.

+ + + kapitel 038 + + +

Tim Sommerfeld sollte noch zur Beobachtung im Krankenhaus bleiben. Er fand das völlig unnötig. Ihm tat nichts mehr weh und er wollte auf keinen Fall hier nutzlos herumliegen. Er wusste jetzt, wie gefährlich Kais Mutter war. Sie musste gestoppt werden. Aber Doro hinderte ihn daran, einfach abzuhauen. Sie spielte ganz die Vernünftige. Wenn sie ihn so ansah, wurde er ganz verlegen. War sie verliebt in ihn? Am liebsten hätte er sie gefragt, aber das traute er sich nicht. Was, wenn sie ihn auslachen würde? Er war so unsicher. Es schien ihr zu gefallen, ihn ein bisschen zu bemuttern.

Er hatte bisher immer gedacht, Jungen müssten den starken Helden spielen, um Mädchen zu beeindrucken, am besten ein Sportass sein, Gitarre spielen können und gut aussehen. Aber Mädchen wie Doro fuhren offensichtlich besonders auf Jungs ab, die schlapp, mit blutverschmierten Haaren und Zittern in den Knien im Bett lagen. Sie wollte ihm schon wieder ein Glas Wasser holen, dabei hatte er das auf dem Nachtschränkchen noch gar nicht leer getrunken.

»Leg dich wieder hin«, bat Doro. »Du hast eine Gehirnerschütterung, hat der Arzt gesagt. Du kannst jetzt hier nicht rumturnen.«

In dem Moment spürte Tim den Schwindel. Es war fast, als hätten ihn ihre Worte ausgelöst. Tim ließ sich wieder in die Kissen sinken. Er hatte das Gefühl, sein Gehirn würde anschwellen und von innen gegen die Schädelwand drücken.

Doro hörte Lina und Jan schon, bevor sie hereinkamen, auf

dem Flur. Jan stöhnte: »Es kommt mir so vor, als würden wir uns nur noch in Krankenhäusern herumtreiben. Dabei kann ich den Geruch nicht ausstehen. Ich denk dann immer, ich krieg Fieber.«

»Och, du Ärmster! Sei froh, dass du nicht hier liegst.«

Jan und Lina erzählten nichts vom eigentlichen Grund ihres Kommens. Sie wollten Tim nicht beunruhigen. Aber Lina stellte mit kritischem Blick fest, dass Tim im Krankenhaus unbewacht war. Auf dem Weg hierher zu Tim waren ihnen nur ein paar Kranke und ein Zivi begegnet. Es wäre ein Leichtes für Frau Lichte gewesen, Doro zu überwältigen und Tim mitzunehmen. Das führte Lina gleich zur entscheidenden Frage: Was hatte Frau Lichte mit ihrem schwer verletzten Sohn vor? Wollte sie ihn alleine gesund pflegen? Wohl kaum. Was, wenn sie wieder einen Wutanfall bekam?

In Tims Zimmer lief die ganze Zeit das Radio. Eigentlich ging ihnen das Gedudele auf den Wecker. Es war nicht gerade ihre Musik. Offen gestanden konnten Tim und Doro sich überhaupt nicht vorstellen, dass diese Musik irgendwem gefiel. Aber die beiden wollten das Radio auch nicht leiser stellen, denn es gehörte einem Bettnachbarn von Tim. Der sprach kein Wort. Er starrte nur zur Decke und dirigierte mit einer Hand ein Orchester.

Aber jetzt lauschten Tim, Doro, Lina und Jan ganz aufmerksam. Der Musikteppich wurde durch eine Meldung unterbrochen:

Köln. Die Polizei bittet um Ihre Mithilfe.

Schon bei den ersten Worten fiel die Hand, die gerade noch ein Orchester dirigiert hatte, schlaff auf die Bettdecke. Dann krabbelte sie spinnengleich zum Nachtschränkchen und hin zum Radio. Die Finger ertasteten den Abschaltknopf.

»Nicht!«, rief Doro. »Bitte lassen Sie das an!«

Die Finger krochen zurück.

Eine offenbar geistig verwirrte Mutter hat als Krankenschwester verkleidet ihren dreizehnjährigen Sohn aus einem Kölner Krankenhaus entführt. Der Sohn ist schwer verletzt und braucht dringend ärztliche Hilfe. Die Mutter wird gebeten, sich an die nächste Polizeidienststelle oder an ein Krankenhaus zu wenden. Sollte Ihnen Mutter oder Sohn auffallen, informieren Sie bitte sofort die Polizei.

»Das heißt«, kombinierte Jan, »sie haben sie noch nicht.«

Lina schüttelte den Kopf und verzog die Lippen. »Viel schlimmer. Es bedeutet, sie haben keine Ahnung. Sie wissen nicht mal, wo sie suchen sollen.«

»Weit können die doch nicht gekommen sein. Wenn die Autobahnauffahrten kontrolliert werden, die Brücken und ...«, sagte Jan.

»Woher wisst ihr das?«, fragte Doro. »Vielleicht stochert unser Kommissar Lohmann ja ganz alleine im Dunkeln herum.«

»Wir waren dabei, als die Ringfahndung herausgegeben wurde«, stellte Lina nicht ohne Stolz fest.

Tim war aufgeregt. Das tat ihm nicht gut. Sein Kopf dröhnte. Es war, als würde ein Flugzeugpropeller in seinem Kopf voll aufgedreht.

Er schloss, auf dem Bett ausgestreckt, die Augen. Eigentlich wäre er lieber mit Doro alleine gewesen. Gleichzeitig wollte er auf keinen Fall, dass Lina und Jan wieder gingen. Der Fall Kai Lichte schweißte sie auf eine besondere Art zusammen. Noch nie zuvor hatte Tim sich irgendwo so zugehörig gefühlt. Die drei und auch Linas Opa waren für ihn so etwas wie ein Familienersatz geworden. Sie besuchten ihn im Krankenhaus. Seine Eltern wussten nicht einmal, dass er überhaupt im Krankenhaus lag.

»Die Mutter«, sagte Tim mit geschlossenen Augen, »kann mit ihm doch kaum irgendwo hin. Die eigene Wohnung – geht nicht. Und so verrückt, wie sie ist, nimmt auch kein Freund oder Verwandter sie auf. Jeder vernünftige Mensch würde doch sofort die Polizei rufen.«

»Stimmt«, überlegte Jan laut. »Sie müssen an einem einsamen Ort sein. In oder um Köln. Vielleicht ein leer stehendes Haus. Eine Ruine. Ein Schiff auf dem Rhein oder ...«

»Wir wissen einfach zu wenig über Kai. Vielleicht haben die eine Ferienwohnung. Hat die Mutter einen Freund oder ...« Doro verstummte, denn Lina zuckte zusammen. Sie erinnerte sich an den Dachboden. Sie hatte sich über die Fotos gewundert.

»Was ist mit dir, Lina?«, fragte Doro.

Lina antwortete noch nicht. Sie konzentrierte sich ganz auf ihre Erinnerung. Ihre Stirn legte sich in Falten. Sie presste die Augen zusammen. Ihre Lippen wurden ganz schmal. Die anderen kannten das. So sah Lina aus, wenn sie nach der Lösung eines Problems suchte. Beim Kopfrechnen mit vierstelligen Zahlen zum Beispiel.

»Kai hat doch immer erzählt, dass er mit seiner Mutter in London war ...«, sagte Lina und wippte dabei mit ihrem Zeigefinger auf und ab wie Herr Hügelschäfer, wenn er seinen Schülern einen Zusammenhang erklärte.

Jan lachte gequält: »London?! London kannst du vergessen. Die kommen über keine Grenze.«

Lina öffnete die Augen und sah Jan an. Sie tippte sich mit dem Zeigefinger gegen die Stirn. »Er war gar nicht in London. Auf dem Dachboden lag doch ein Fotoalbum. Der hat uns nur von tollen Reisen erzählt. In Wirklichkeit hat er die Zeit mit seiner Mutter auf einem Campingplatz im Wohnwagen verbracht.«

Alle sahen Lina an. Auch Tim stützte sich im Bett auf und staunte. »Ein Campingplatz? Meinst du, sie bringt ihn zu ihrem Wohnwagen?«

»Wohin denn sonst?«, fragte Lina.

»Welcher Campingplatz?«

»Wenn ich mich nicht täusche, ist das am Weißer Rheinbogen, direkt am Rheinufer.«

»Kenn ich!«, rief Doro. »Da hatte meine Tante auch einen Wagen stehen. Die fuhr da jedes Wochenende hin.«

Jan nickte. »Wir müssen Kommissar Lohmann anrufen. Sofort.«

Lina tippte die Nummer in ihr Handy. Schon beim zweiten Klingeln hatte Kommissar Lohmann sein Handy am Ohr. »Ja. Lohmann.«

»Herr Kommissar, hier spricht Lina Grün. Wir müssen Ihnen eine wichtige Mitteilung ...«

Barsch unterbrach Kommissar Lohmann Linas Redefluss. »Kind! Du hast keine Ahnung, was hier los ist. Ich habe jetzt keine Zeit für euren Kinderkram.«

»Das ist kein Kinderkram! Ihre Leute müssen sofort ...«

»Nein! Schluss, Aus, Ende der Debatte! Meine Leute müssen

gar nichts! Ich leite die Ermittlungen! Nicht du und auch nicht dein Opa, ist das klar? So, und jetzt beende ich das Gespräch. Von dem Telefon hier wird ein wichtiger Einsatz geleitet. Geh nach Hause und mach deine Schulaufgaben!«

»Wir haben überhaupt nichts auf!«, rief Lina zornig. »Wir wissen, wo Kai ist ... also, wir vermuten es ...«

Aber Kommissar Lohmann hörte schon längst nicht mehr zu. Er hatte das rote Knöpfchen auf seinem Handy gedrückt. Er steckte das Gerät in seine Tasche. Entweder bekam er vom vielen Telefonieren mit dem Handy Kopfschmerzen oder seine Zahnwurzel meldete sich wieder. Vom rechten Ohr ging ein Schmerz aus, der bis in den Kiefer ausstrahlte.

Lina sah ihre Freunde an. Sie hatten es alle mitbekommen. Trotzdem sagte Lina: »Der hat einfach aufgelegt.«

Tim schlug vor: »Wir sollten die Polizei anrufen, wie sie im Radio gesagt haben.«

Das machte Jan. Aber der Notruf 110 war besetzt. Jan wunderte sich. »So etwas dürfte es eigentlich gar nicht geben«, sagte er. »Wer weiß, wie viele Leute da gerade anrufen?!«

Doro entschied: »Wir müssen hin. Sofort. Wir dürfen keine Zeit verlieren.«

Tim wollte mit. Aber alle anderen waren dagegen.

Als sie sein Zimmer verlassen hatten, stand Tim auf. Er wollte einfach hinterher. Die konnten ihn doch nicht hier allein lassen! Er wollte dabei sein. Aber noch bevor er die Tür erreicht hatte, wurde ihm schwindelig. Es war, als würde das Zimmer immer kleiner werden. Die Uhr über der Tür tropfte nach unten und der Kleiderschrank verformte sich. Alles wurde irgendwie weich, ja flüssig. Er hielt sich am Türrahmen fest.

Er hatte das Gefühl, das Ding sei nicht aus Holz, sondern aus Gummi. Tim verlor das Gleichgewicht. Er fiel auf die Knie. Die Tür öffnete sich und Tims Oberkörper krachte in den Flur.

Doro, Lina und Jan wollten gerade in den Fahrstuhl steigen. Tim streckte die Hand nach ihnen aus: »N...nehmt mich mit!«

Doro lief sofort zu ihm.

»Es ist besser, sie bleibt hier«, sagte Lina zu Jan. »Stell dir vor, wir irren uns, und Frau Lichte ist nicht am Wohnwagen, sondern auf dem Weg hierher ...«

Jan sah sofort ein, dass Lina Recht hatte.

+ + + kapitel 039 + + +

Kai Lichte lag auf dem Bett im dunklen Wohnwagen. Er war allein. Frau Lichte hatte den Wagen sorgfältig abgeschlossen. Die Fenster waren mit Vorhängen von innen verdunkelt. Der Wohnwagen sah genauso verlassen aus wie alle anderen in diesem Teil vom Campingplatz.

Frau Lichte fuhr den braunen Kombi weg. Auch wenn sie sich im Moment in einem Wahngebilde befand, arbeitete ein Teil von ihrem Verstand ganz klar. Sie wusste, dass sie verfolgt wurde. Natürlich würde man sie suchen. Niemand durfte den

Wagen jetzt finden. Sie hatte die Hoffnung, sie könnte sich im Wohnwagen verstecken. Hauptsache, niemand entdeckte den braunen Kombi.

Jetzt stand sie mit dem Wagen am Rheinufer. Ein langer Kahn fuhr an ihr vorbei. Sie beschloss, den Wagen im Rhein zu versenken. Ja, so konnte es gehen. Der Rhein war tief genug.

Sie hielt nach Menschen Ausschau. Niemand durfte sie beobachten. Da drüben, am anderen Ufer, gingen Leute spazieren. Die würden garantiert die Polizei rufen, wenn sie sahen, dass ein Auto im Rhein versank. Nein, sie konnte keine Zeugen gebrauchen. Sie musste warten.

Kai erwachte in einem Meer von Schmerzen. Er wusste nicht, wo er war, aber er begriff sofort, dass er überlebt hatte. Die Bilder von seinem Sprung waren sofort wieder da. Er sah seine Füße, wie er sich vom Dach abstieß. Spürte seine Hoffnung, zu sterben und als Engel im Himmel wieder wach zu werden. Er fühlte wieder die Regentropfen im Gesicht. Es war, als würde der Himmel versuchen, ihn reinzuwaschen. Vielleicht, hatte er im Fallen gedacht, kann ich da oben mehr für meine Mutter tun. Hier auf Erden konnte ich ihr ja nicht helfen. Dann war alles dunkel geworden. Dunkel wie jetzt.

Gern hätte er mit den Händen getastet. Aber so oft sein Gehirn auch Kommandos an die Muskulatur abschickte, die Finger bewegten sich nicht. Die Arme blieben reglos liegen wie Fleischwürste. Er konnte seine Hüften etwas vorschieben. Jeder Versuch, die Beine zu bewegen, löste Schmerzstürme aus, die seinen ganzen Körper schüttelten.

+ + + kapitel 040 + + +

Lina und Jan fuhren schwarz mit der S-Bahn. Es erschien ihnen unwichtig, dass sie kein Geld dabeihatten. Wer sollte ihnen Probleme machen, wenn es doch um Leben und Tod ging?

Lina rief aus der S-Bahn ihren Opa an, um ihm alles zu erklären. Aber der saß schon in seiner ehemaligen Dienststelle am Telefon und dirigierte von seinem alten Schreibtisch aus den Polizeieinsatz in Köln. Annette Köster war dankbar für seine Hilfe. Mit seiner ruhigen Art und seiner Sachlichkeit war er ein wichtiger Gegenpol zur Hektik bei der Suche nach Kai Lichte.

Günter Grüns Handy lag im Handschuhfach in seinem Auto auf dem Parkplatz vor dem Polizeipräsidium. Lina sprach auf seine Mailbox: »Hallo, Opi! Ich glaube, wir wissen, wohin sie Kai gebracht hat. Sie haben einen Wohnwagen am Rhein in Rodenkirchen. Kommissar Lohmann glaubt uns nicht, ach was, der redet gar nicht mit uns. Wir sind unterwegs dahin, wir ...«

Lina sah in Jans Gesicht, dass etwas nicht stimmte. Dann tippte jemand Lina auf die Schulter: »Die Fahrausweise bitte.«

Er trug keine Uniform, hatte aber einen Ausweis an einer Schnur um den Hals hängen. Er sah nicht aus wie jemand, der Spaß versteht.

»Wir ... wir wollten sie in der Bahn lösen«, sagte Jan mit einer Stimme, die total ehrlich klang. »Wir haben nur noch keinen Schaffner gesehen.«

Jan fand, das war eine gute Ausrede. Allerdings fragte Lina

sich, wie das weitergehen sollte. Sie hatten doch gar kein Geld, um einen Fahrausweis nachzulösen. Aber so weit kam es sowieso nicht. Der Kontrolleur zeigte vorwurfsvoll auf ein Schild: *Einstieg nur mit gültigem Fahrausweis.*

»Ihr könnt doch lesen«, grinste er. »So schlau, wie ihr ausseht.«

Lina versuchte, ihn einfach mit der Wahrheit zu überzeugen. »Sie haben doch bestimmt von dieser Frau gehört, die ihren Sohn aus dem Krankenhaus entführt hat. Wir wissen, wo der Sohn ist. Also, wir glauben, es zu wissen, um genau zu sein. Und da müssen wir jetzt schnell hin.«

Der Kontrolleur schabte sich mit seinem Plastikausweis einmal übers Kinn. Er hatte einen starken Bartwuchs. Die Kante vom Ausweis kratzte über die Stoppeln. Das machte er ein paar Mal am Tag. Er liebte dieses Geräusch. Er fühlte sich dann so männlich.

»Na, das ist doch endlich mal eine originelle Ausrede. Und ihr glaubt, jetzt braucht ihr keinen Fahrschein?«

Jan und Lina nickten zögerlich.

»Also, erstens glaube ich euch kein Wort. Zweitens ruft man in solchen Fällen die Polizei und fährt nicht selbst hin, und drittens kriege ich jetzt von jedem von euch sechzig Euro. Ich habe euch nämlich ohne gültigen Fahrausweis angetroffen.«

Jan verzog erschrocken den Mund. Er sah jetzt schon seinen Vater toben. Sechzig Euro waren für Jan ein Vermögen. Er bekam zehn Euro Taschengeld pro Woche.

»Können Sie nicht ein Auge zudrücken?«, fragte Jan.

»Klar«, sagte der Kontrolleur. Er zwinkerte einmal mit dem linken Auge und grinste: »Meinst du so?«

»Nein, natürlich nicht.«

»Bitte!«, flehte Lina. »Wir dürfen jetzt keine Zeit mit irgendwelchen Kleinigkeiten verlieren. Es geht um Leben und Tod!«

Der Kontrolleur spitzte die Lippen. »Na, nun wollen wir mal die Bälle schön flach halten. Erst mal geht es nur ums Geld. Hundertzwanzig Euro, um genau zu sein.«

»Wir haben gar kein Geld«, gestand Jan.

»Komisch«, sagte der Kontrolleur, »woher wusste ich das nur? Dann gebt mir mal eure Ausweise.«

»Und wenn wir die auch nicht dabeihaben?«, fragte Lina.

»Dann muss ich euch leider der Polizei übergeben, zur Feststellung eurer Personalien. Ihr habt euch nämlich eine Dienstleistung erschlichen.«

»Polizei ist gar nicht so schlecht«, sagte Lina. »Dann können wir denen gleich erzählen, was wir wissen.«

Jan fand das keine gute Idee. Lina sah es ihm an. Die S-Bahn hielt. Als sich die Tür öffnete, sprang Jan einfach raus. Lina hinter ihm her. Sie rannten am Bahnsteig entlang zur Treppe.

Der Kontrolleur hechelte hinter ihnen her: »Halt! Stehen bleiben!«

»Wir sind doch nicht blöd!«

+ + + kapitel 041 + + +

Frau Lichte saß immer noch in ihrem braunen Kombi. Jetzt hockte auf der anderen Rheinseite ein Pärchen am Ufer und knutschte. Frau Lichte wollte den Wagen endlich im Rhein versenken. Sie wartete auf eine gute Gelegenheit.

Das Pärchen stand auf. Es schlenderte langsam aus dem Blickfeld. Jetzt, dachte Frau Lichte. Jetzt sieht mich niemand. Sie löste die Handbremse.

Aber in dem Moment spürte sie etwas: Kai war wach geworden und brauchte sie.

Es hatte immer eine merkwürdige Verbindung zwischen ihr und ihrem Sohn gegeben. Manchmal war sie nachts wach geworden und hatte gewusst: Jetzt hat er Hunger. Dann weckte sie ihn und kochte ihm etwas.

Es war so, dachte sie, als ob sie immer noch durch die Nabelschnur mit ihm verbunden wäre. Sie fühlte, was mit ihm los war, auch wenn viele Kilometer zwischen ihnen lagen, und jetzt war sie keine hundert Meter von ihm entfernt.

Sie ließ den Wagen stehen und rannte zum Wohnwagen.

Schon von außen hörte sie ihn wimmern. Sie hatte also mal wieder Recht behalten. Sie war eine gute Mutter. Sie wusste, was mit ihrem Kind los war.

Sie schloss den Wohnwagen auf. Als das Licht durch die geöffnete Tür in den Raum fiel, blinzelte Kai zur Tür. Er kannte seine Mutter gut. Er sah ihr am Gesicht an, in welchem Gemütszustand sie war. Manchmal stand sie mit beiden Beinen auf dem Boden, bekam alles gut geregelt. Dann konnte sie gut kochen, hielt die Wohnung in Ordnung, ging einkaufen, sah mit ihm Quizshows und sie redeten viel.

Aber dann wieder, nach ihren Wutanfällen, verdunkelte sich die Welt für sie. Sie schämte sich, ging nicht aus dem Haus. Kaufte nicht ein, ließ die Wohnung verkommen, sie vergaß zu kochen und auch zu essen. Dann erledigte er alles. Er konnte Wäsche waschen. Er kaufte ein. Er kochte. Er bügelte.

Sie fühlte sich wie eine Gefangene in der Wohnung, wollte aber auf keinen Fall nach draußen gehen. Als ob draußen ein Ungeheuer lauern würde, das nur einen Plan hatte: sie aufzufressen.

Kai tröstete dann seine weinende Mutter. Und er sorgte dafür, dass niemand erfuhr, was hier los war. Manchmal schaffte er es, sie wieder richtig aufzurichten. Dann duschte sie, zog sich schick an und ging wieder raus vor die Tür. Am Anfang hatte sie meist eine Sonnenbrille getragen, weil sie noch unsicher war und nicht wollte, dass ihr jemand in die Augen sah. Die ersten Ausflüge dauerten nicht lange. Eine halbe Stunde höchstens. Sie trug dann weite Pullover und flache Schuhe.

Später dann blieb sie stundenlang weg, genoss das Leben in Freiheit, wie sie es nannte. Sie zog sich dann ganz anders an. Fließende Kleider oder kurze Röcke. Hochhackige Schuhe. Sie schminkte sich übertrieben, wie Kai fand. Dann lachte sie laut und grell, blieb manchmal nächtelang weg.

Er wusste dann, dass es bald wieder so weit war. Ihr Absturz kam garantiert. Egal, wie gut er aufgeräumt hatte. Egal, wie nett er zu ihr war. Vermutlich gab es in ganz Köln keinen zweiten Jungen, der so lieb war wie Kai. So ordentlich, so sauber, so hilfsbereit, so bescheiden und so vernünftig. Aber sie fand immer irgendetwas, das sie wütend machte. Es konnte eine Fluse auf dem Boden sein. Einmal war sie ausgerastet, weil die Schlüssel in den Schranktüren nicht alle in die gleiche Richtung standen. Ein anderes Mal war der Kaffee, den er seiner Mutter gekocht hatte, zu heiß. Es reichte aber auch ein Blick von ihm. Er bemühte sich immer, sie nicht anzugucken. Denn die schlimmsten Prügelorgien musste Kai über sich ergehen lassen, wenn sie sagte: »Guck nicht so! Ich hab gesagt, du sollst nicht so gucken!« Nach einer Weile schrie sie dann: »Stimmt was nicht mit mir oder warum glotzt du so?« Dann konnte er nur noch versuchen zu fliehen.

Er erklärte es sich ähnlich wie den Wechsel der Jahreszeiten. Im Gefühlsleben seiner Mutter gab es den Frühling, den Sommer, den Herbst und den Winter. Der Frühling war voller Hoffnungen. Dann versprach sie, sich zu ändern, alles sollte besser werden. Im Sommer schien das Leben ein Spaß zu sein. Im Herbst kamen die Wutausbrüche. Im Winter dann die Trauer über alles, was geschehen war. Dann schämte sie sich und wollte die Wohnung am liebsten gar nicht mehr verlassen.

Herbst und Winter wurden immer länger, Frühling und Sommer immer kürzer. Früher hatte so ein Wechsel der Jahreszeiten Monate gedauert. Dann Wochen. Tage. Inzwischen ging es manchmal von einer Sekunde auf die nächste.

Jetzt sah sie aus, als sei sie im Winter angekommen. Die grünen Augen, die vor Zorn flackern konnten, wirkten traurig und müde. Ihre Schultern hingen herab.

»Kai, mein Sohn, hast du Schmerzen?«, fragte sie sanft.

Er wagte es nicht zu nicken. Reglos und stumm vor Angst lag er auf dem Klappbett.

+ + + kapitel 042 + + +

Kommissar Lohmann kam ins Polizeipräsidium zurück, mit einem Schwarm Journalisten im Schlepptau. Dies hier konnte sein großer Tag werden. Kommissar Lohmann, der Krisenmanager.

Aber da saß jemand an seinem Schreibtisch: Günter Grün. Der legendäre Günter Grün. Einige Journalisten kannten ihn noch von früher. Sie duzten ihn. Kommissar Lohmann wurde zunehmend nebensächlicher. Es sah aus, als ob Günter Grün die Fahndung leiten würde.

Kommissar Lohmann kochte vor Wut und fuhr Annette Köster an, das hier werde ein Nachspiel für sie haben.

Annette Köster konterte: »Er ist eine große Hilfe, und woher soll ich Leute nehmen? Ich kann ja schlecht Hilfssheriffs ernennen!«

Kommissar Lohmann beugte sich zu Günter Grün und flüsterte in sein Ohr: »Verschwinden Sie jetzt augenblicklich aus meinem Büro oder ich werde zum tollwütigen Stier!«

Günter Grün lächelte Kommissar Lohmann an. Er stellte sich Kommissar Lohmann mit Hörnern auf dem Kopf vor und mit Schaum vor dem Mund. Ein Ring durch die Nüstern würde ihm auch gut stehen. Mit einem kurzen Kopfnicken verabschiedete sich Günter Grün von allen Anwesenden und ging.

+ + + kapitel 043 + + +

Lina bekam Seitenstiche. Sie konnte nicht mehr. Jan lief ein paar Meter hinter ihr am Rheinufer entlang. Sie sah sich nach ihm um. Er hatte einen roten Kopf. Seine Haare waren nass. Sein Gesicht sah aus, als ob er durch den Regen gerannte wäre. Aber es regnete nicht. Jan blieb stehen, beugte sich schwer atmend vor und stützte die Hände auf den Beinen ab. »Hier«, keuchte er, »muss es irgendwo sein. Ganz in der Nähe.«

Lina zeigte auf den braunen Kombi. »Das ist ihr Auto. Wieso parkt die hier? Der Parkplatz ist doch ...« Im selben Moment wusste sie die Antwort. »Klar. Hier sieht sie niemand – denkt sie.«

Lina sah auf den Boden. Das bedeutete, Frau Lichte hatte Kai im Rollstuhl über einen Feldweg mit Schlaglöchern, Ästen und Steinen geschoben. Jede kleine Erschütterung musste ihm schrecklich wehgetan haben.

Jan ahnte Linas Gedanken. »Vielleicht«, sagte er, »hat sie ihn ja erst irgendwo hingebracht und den Wagen dann nur hier versteckt.«

Sie pirschten halb geduckt zwischen den Büschen und Bäumen zum Campingplatz. In einem dieser Wohnwagen musste Kai sein. Aber in welchem? Lina und Jan schlichen näher. Alle Wohnwagen sahen leer und verrammelt aus. Hier hinten standen alte Wagen mit Vorzelten. An einigen Wohnwagen hatten die Besitzer so lange herumgeschraubt und gebastelt, dass sie fast zu Häusern geworden waren, mit Bänken, Vorgärten, Außenduschen, Grill- und Frühstücksplätzen.

Jetzt, Ende April, blühten die Schmetterlingssträucher und Kletterrosen. Aber dem schenkten Lina und Jan keine Beachtung. Lina versuchte sich zu erinnern, wie der Wohnwagen auf dem Foto ausgesehen hatte. War das Vorzelt nicht blau-weiß gewesen? Hatte nicht ein Strandkorb daneben gestanden?

Jan lief vor. Er sah aus wie ein Einbrecher, dachte Lina. Es hätte sie gar nicht gewundert, wenn jemand die Polizei rufen würde. Aber es saß nirgendwo ein einsamer Camper hinter der Scheibe und beobachtete Jan.

Er huschte, jeden Strauch als Tarnung nutzend, zu einem kleinen Wohnwagen. Ein altes Modell. Die Form erinnerte an ein Ei. Der Wagen war schon viele Jahre nicht mehr bewegt worden. Früher war er einmal weiß gewesen. Jetzt schimmerte er an einer Seite grünlich. An der anderen Seite platzte die Verkleidung auf. Der Garten sah ungepflegt aus. Der Grill war bis oben hin voll Wasser. Darauf schwamm Holzkohle.

Jan drückte sich mit dem Rücken gegen den Wagen und schielte zum Fenster rein. Auf dem Tisch standen ein Teller mit Spaghettiresten und eine Bierflasche. Das Bett war zerwühlt. Auf dem Boden lag eine zerknüllte Ausgabe vom *Kölner Express.*

Lina winkte Jan. So sah Kais Campingwagen nicht aus. Sie mussten einen Strandkorb suchen, da war Lina sich sicher. Aber der Platz war groß. Hecken und Bäume verstellten die Sicht. Lina brauchte einen Überblick.

Sie kletterte an einer alten Eiche hoch. Von einer schweren Astgabel aus, gut fünf Meter über dem Erdboden, spähte Lina den Platz aus. Sie sah den Strandkorb. Er war genau wie auf dem Foto in ihrer Erinnerung. Blau-weiß gestreift.

Lina pfiff. Sofort hatte sie Jans Aufmerksamkeit. Sie zeigte zu dem Strandkorb: »Da hinten!«

Jan zögerte. Sollte er zunächst zu Lina und abwarten, bis sie vom Baum herunter war, oder lieber sofort zu Kai?

Lina war schnell. Die letzten zwei Meter sprang sie. Sie federte den Aufprall in den Knien ab. Dann rannten sie beide zu Lichtes Wohnwagen.

+ + + kapitel 044 + + +

Frau Lichte hob Kais Kopf an und flößte ihm Wasser ein. Das meiste lief daneben. Aber er schluckte gierig, was er in den Mund bekam. Erst jetzt merkte er, wie ausgetrocknet seine Zunge und sein Hals waren. Kai verschluckte sich. Er musste husten.

Seine Mutter stellte das Glas ab und streichelte ihm übers Gesicht. Ihre Haare hingen herab bis auf Kais Stirn. Sie wollte sich noch weiter zu ihm beugen und ihn küssen, aber etwas hielt sie ab. Sie spürte jetzt so sehr, was sie ihm angetan hatte. Sie schämte sich und befürchtete, er könne ihren Kuss ablehnen. Sie zitterte. Ihre Augen wurden feucht. Eine Träne löste sich und fiel in Kais rechtes Auge.

»Mein Gott, was habe ich dir angetan, Kai? Ich ... ich wollte das nicht. Ich ... diesmal werden sie uns trennen, mein Sohn. Sie werden dich mir wegnehmen. Wenn sie uns finden, dann kommst du ins Heim und ich ins Gefängnis. – Ich kann ohne dich nicht leben, Kai.«

Kai versuchte zu sprechen: »Alles wird gut, Mama.«

Sie streichelte zärtlich seine Lippen. »Ich liebe dich so sehr«, schluchzte sie und ließ jetzt ihren Tränen freien Lauf.

»Ich liebe dich auch, Mama«, sagte Kai, und so irre es klang, er meinte es ehrlich. »Aber du musst jetzt einen Arzt rufen. Ich – ich habe Schmerzen.«

Sie sprang erschrocken auf. »Nein. Nein. Nein. Keinen Arzt. Keine fremden Leute. Wir werden damit alleine fertig. Wir sind immer mit allem alleine fertig geworden.«

Sie zupfte ihre Kleidung zurecht und kämmte sich mit den Fingern flüchtig die Haare, so als wollte sie rasch Einkaufen gehen. Mit sanfter Stimme säuselte sie dann: »Wir bleiben einfach hier, Kai. Ich pflege dich gesund. Ich werde dir Geschichten vorlesen, dein Lieblingsessen kochen, und alles wird gut. Wir sind jetzt wieder eine richtige kleine Familie. Und wenn du wieder gesund bist, dann tun wir, als ob nichts gewesen wäre. Wir sagen einfach, wir hätten Urlaub bei Freunden in London gemacht.«

Sie nickte zur Bestätigung ihrer eigenen Worte. »Ja. Genauso machen wir es.«

»Mama ... ich ... bitte, hol einen Arzt!«

Sie schüttelte heftig den Kopf. Dann nahm sie seine Hand und tätschelte sie. »Ich habe dich oft gepflegt, wenn du krank warst. Nächtelang habe ich an deinem Bett gesessen und dir die Stirn gekühlt und Wadenwickel gemacht, wenn du Fieber hattest. Hast du das alles schon vergessen?«

Das Tätscheln ihrer Hand löste Schmerzwellen in Kais Körper aus. Er bäumte sich auf, stöhnte und fiel wieder aufs Bett zurück.

Spinne ich?, dachte er. Drehe ich durch oder habe ich da am Fenster gerade Linas Gesicht gesehen?

»Wir kriegen das alles hin. Mach dir keine Sorgen, Kai. Ich habe die Lage voll im Griff. Ich versenke jetzt das Auto. Dann findet uns hier niemand. In ein paar Tagen wirst du schon im Strandkorb sitzen, die Frühlingssonne genießen und Kakao trinken.«

Sie drehte sich zur Tür um. Kai schielte zum Fenster. Linas Gesicht verschwand.

Sie war wirklich da. Kai wusste nicht, ob er sich darüber freuen oder Angst bekommen sollte.

Frau Lichte riss die Tür auf und stieg aus dem Wohnwagen. »Bis gleich, mein Großer!«, rief sie. Dann lehnte sie die Wagentür an und lief so schnell sie konnte zu ihrem braunen Kombi.

+ + + kapitel 045 + + +

Jan und Lina waren sofort bei Kai. Jan tippte die Nummer vom Notruf in sein Handy. »Wir haben Kai Lichte gefunden!«, flüsterte er. Am anderen Ende brach der Gesprächspartner nicht gerade in Freudenschreie aus. Nach der Radiomeldung hatte das Telefon nicht mehr stillgestanden. Einhundertsechzehn falsche Hinweise waren bisher eingegangen.

»Name?«

»Kai Lichte. Mensch, Sie können Fragen stellen.«

»Nein. Dein Name.«

Jan stöhnte und gab seine Personalien durch.

Lina sprach Kai an: »Wir sind bei dir, Kai. Wir rufen jetzt die Polizei. Du bist so gut wie gerettet.«

»Haut lieber ab«, sagte Kai. »Meine Mama fährt nur den Wagen in den Rhein, dann kommt sie zurück. Sie macht euch fertig, wenn sie euch hier findet.«

Das befürchtete Lina auch. »Wir lassen dich nicht mit ihr allein. Keine Angst«, versprach sie.

»Meine Mutter ist nicht böse«, weinte Kai. »Sie ist krank. Sehr krank.«

»Ich geh raus und passe auf. Wenn sie kommt, warne ich euch«, sagte Lina, und schon war sie heraus aus dem Wohnwagen. Sie hätte es darin keine Minute länger ausgehalten. Erst jetzt, hier draußen, hatte sie das Gefühl, wieder Luft zu bekommen.

Drinnen erklärte Jan dem Notdienst immer wieder, dies sei kein Scherz und auch kein Irrtum.

Lina sah, wie Frau Lichte versuchte, den braunen Kombi in den Rhein zu schieben. Aber sie schaffte es nicht.

Lina schlich näher. Hinter einem blühenden Ginsterbusch versteckt, sah sie zu. Dann wurde es Frau Lichte zu anstrengend oder es dauerte ihr zu lange. Sie stieg in den Kombi, ließ den Motor an und steuerte den Wagen langsam in Richtung Böschung.

+ + + kapitel 046 + + +

Günter Grün hörte das Klingeln seines Handys im Handschuhfach. Er lenkte den Wagen mit links und fingerte mit rechts nach dem Handy. Es war die Mailbox.

Er hörte sie während der Fahrt ab. Linas Stimme ließ ihn zusammenzucken:

Hallo, Opi! Ich glaube, wir wissen, wohin sie Kai gebracht hat. Sie haben einen Wohnwagen am Rhein in Rodenkirchen. Kommissar Lohmann glaubt uns nicht, ach was, der redet gar nicht mit uns. Wir sind unterwegs dahin, wir ...

Wenden konnte Günter Grün hier nicht. Er bremste einfach, ließ den Wagen auf der Fahrbahn offen stehen und rannte zum Polizeipräsidium zurück. Gleich würde der große Kommissar Lohmann Augen machen ...

+ + + kapitel 047 + + +

Frau Lichte hatte sich nicht angeschnallt. Sie wollte aus dem Wagen springen, aber der Kombi rollte nicht langsam die Böschung hinunter, wie sie gehofft hatte. Die Reifen klemmten zwischen Steinen am Abhang fest. So würde jeder Fußgänger am anderen Ufer den Wagen sofort sehen und die Polizei rufen. Er hing, als sei er vom Himmel gefallen, zwei Meter überm Wasser, den Kühler in Richtung Rhein.

Frau Lichte wusste sich nicht anders zu helfen. Sie gab Gas und drehte das Lenkrad von rechts nach links und wieder zurück, um die Räder frei zu bekommen. Der Motor heulte auf. Der Wagen machte einen Sprung und fiel auf die Seite. Metall knirschte auf den Steinen. Frau Lichte wurde gegen die Fahrertür geschleudert. Sie stieß sich den Kopf an der Scheibe. Dann klatschte der Kombi ins Wasser. Die Fahrertür war verbeult.

Zunächst sah es für Lina aus, als würde der Wagen schwimmen. Der Strom nahm ihn ein Stückchen mit. Aber dann soff er rasch ab. Jetzt war nur noch ein Teil vom Verdeck zu sehen. Dann nur noch Luftblasen, die hochblubberten. Lina wartete noch einen Moment. Sie hielt nach Frau Lichte Ausschau. War die schon irgendwo aufgetaucht oder saß sie im Kombi fest?

Lina schrie: »Frau Lichte?! Frau Lichte?!«

Komisch, dachte Lina, gerade hatte ich noch Angst vor ihr und jetzt mache ich mir Sorgen um sie. Sie hatte die Worte, die Frau Lichte zu ihrem Sohn gesagt hatte, gehört, genau wie Jan. Natürlich wusste sie, dass Frau Lichte komplett verrückt war, aber etwas in ihren Worten hatte Lina auch berührt. Sie liebte ihren Sohn auf eine irre, kranke Weise. Sie brauchte Hilfe.

Lina wollte Jan anrufen, aber bei ihm war besetzt. Er sprach immer noch mit der Polizei.

Lina zog sich bis auf ihre Unterwäsche aus. Dann lief sie über die schwarzen Steine, zwischen denen gerade noch der Kombi festgehangen hatte, zum Wasser und sprang hinein. Lina war eine gute Schwimmerin, aber sie hatte nicht damit gerechnet, dass der Rhein so ein reißender Fluss war. Sie tauchte nach dem Wagen, aber in der dunklen Brühe fand sie den braunen Kombi nicht. Japsend tauchte Lina wieder auf und schnappte nach Luft. Nur ein paar Meter von ihr entfernt stieg eine große Wasserblase auf. Da musste es sein. Unter Wasser riss Lina die Augen weit auf. Was hätte sie für eine Taucherbrille gegeben ...

Sie fand den Wagen. Die Schnauze steckte im Schlamm. Das Heck ragte hoch. Im Wagen waren zwei Airbags aufgegangen. Frau Lichte lag halb auf dem Fahrersitz, halb im Fußraum. Lina klopfte gegen die Scheibe und versuchte, die Tür zu öffnen. Es ging nicht. Entweder war es der Wasserdruck oder die Tür klemmte. Jedenfalls bekam Lina sie nicht auf. Sie zerrte daran. Aber sie verbrauchte viel Sauerstoff, wenn sie so hart arbeitete. Sie musste wieder auftauchen. Sie versuchte es mit der Beifahrertür. Vielleicht ging die besser auf.

Der Lärm der Polizeisirenen war jetzt auf dem ganzen Campingplatz zu hören. Neben dem blau-weißen Strandkorb stand Kommissar Lohmann, ein bisschen glücklich, dass der Junge noch lebte. Gleichzeitig ärgerte er sich, weil die Teenies Kai gefunden hatten und nicht er.

Der Notarzt kümmerte sich schon um Kai.

Jan suchte Lina.

Auf dem Gelände vor den Wohnwagen standen jetzt fünf Polizeiautos und zwei Krankenwagen. Bei einem Polizeiauto kreiste das Blaulicht.

Kommissar Lohmann schrie: »Kann nicht einer mal diese verdammten Sirenen ausschalten?«

»D...der Wagen ist weg ...«, stammelte Jan und zeigte zu der Stelle, wo vorhin noch der braune Kombi gestanden hatte.

Lina hatte inzwischen einen Plan. Sie versuchte, mit einem Stein die Windschutzscheibe einzuschlagen. Das gelang. Sofort flutete Wasser in den Fahrzeuginnenraum. Lina stand jetzt auf dem Beifahrersitz. Sie packte Frau Lichte an den Schultern und versuchte, mit ihr aufzutauchen. Das Wasser machte ihren Körper leicht, aber ihre Kleidung blieb am Schaltknüppel hängen. Einen Versuch noch, dachte Lina verzweifelt, dann muss ich auftauchen. Mit aller Kraft stieß Lina sich ab. Geschafft! Sie schwebte mit Frau Lichte hoch. Schon tauchten ihre Köpfe auf. Lina hielt Frau Lichte unter den Achseln fest.

Am Ufer standen Polizisten. Lina erkannte auch Jan und ihren Opa, Kommissar Lohmann und Annette Köster. Lina kreischte: »Hiiilfeeeee!«

+ + + kapitel 048 + + +

Kai und seine Mutter wurden in getrennten Krankenwagen abtransportiert.

Lina hockte, in eine Wolldecke gehüllt, im Polizeiwagen. Sie sah ihrem Opa an, wie stolz er auf sie war. Lina fragte ihn: »Was passiert mit Frau Lichte?«

»Sie wird behandelt werden. Sie ist wirklich sehr krank in der Seele. So etwas kann man heilen. Ich glaube, mit ein bisschen Glück wird alles wieder gut.«

Kommissar Lohmann räusperte sich. Er sah zu Annette Köster. Sie deutete ihm an, er solle seinem Herzen einen Ruck geben. Kommissar Lohmann sagte mit leiser Stimme: »Ich glaube, ich sollte mich bei euch entschuldigen.«

Jan lächelte: »Sie leiten zwar die Ermittlungen, aber ich glaube, Sie sollten sich lieber bei Tim entschuldigen als bei uns.«

»Im Grunde«, sagte Kommissar Lohmann kleinlaut, »wart ihr die besseren Ermittler. Wir könnten froh sein, wenn wir so gute Leute hätten wie euch. Wisst ihr schon, was ihr nach der Schule werden wollt? Ich meine, denkt jemand von euch daran, zur Kripo zu gehen?«

Jan und Lina sahen sich an, zuckten mit den Schultern und lachten.

+ + + kapitel 049 + + +

Eine gute Stunde später ließ Dr. Schneider Doro, Lina und Jan zu Kai Lichte. Er hing an Schläuchen, aber er war wach.

Sie redeten nicht viel. Sie sahen sich hauptsächlich an. Sie wussten, sie hatten eine schlimme Krise überstanden. Nichts würde ab jetzt mehr so sein wie früher. In Zukunft würden sie mehr aufeinander achten und ihren Mitschülern gegenüber weniger gleichgültig sein.

Das alles, dachte Lina, hätte nie so weit kommen dürfen. Es war nicht nötig, den Satz auszusprechen, denn darin waren sich alle einig.

ISBN 978-3-7607-2445-4

Leseprobe

sklaven und herren

+ + + kapitel 001 + + +

Etwas stimmte nicht.

Tim Sommerfeld drückte sich mit beiden Armen von der Decke hoch und blickte zum Fuß des Sprungturms. Dort, nur wenige Schritte von Tim entfernt, stand Klaus Sträußen, der Klassensprecher der 5 c an der Hans-Bödecker-Schule.

Klaus war für seine große Klappe bekannt. Er hatte immer einen frechen Spruch auf Lager und wollte später mal Bundeskanzler werden. Den ersten Schritt auf diesem langen Weg hatte er getan: Ohne eine einzige Gegenstimme war er zum Klassensprecher gewählt worden. Aber jetzt stand er da wie ein Häufchen Elend. Die Schultern nach vorn gebeugt, den Kopf eingezogen, wie jemand, der befürchtet, von hinten geschlagen zu werden. Er hatte einen leichten Sonnenbrand auf den Oberarmen und offensichtlich panische Angst.

Tim Sommerfeld begriff nicht, was mit Klaus Sträußen los war. »Hast du dir wehgetan?«, fragte er, aber Klaus reagierte nicht. Stattdessen ging er, als ob er Tim gar nicht gehört hätte, zum Sprungturm und kletterte langsam die ersten Stufen der Leiter hoch. Dabei tropften Tränen auf die silberfarbenen Haltegriffe.

Tim sah sich nach Klaus' Schwester Inga um. Sie war zwei Jahre älter als Klaus und ging in Tims Parallelklasse. Tim mochte sie. Sie spielte wundervoll Klavier, gab bei Schulfesten und Familienfeiern schon kleine Konzerte. Inga hatte ihre Decke hinten bei den Büschen, wohin sich die Liebespärchen verzogen, wenn sie ein bisschen ungestört sein wollten.

Tim tastete nach seiner Sonnenbrille, die er in die Stirn geschoben hatte. Trotz der blauen Gläser wurde er von der Sonne geblendet. Die Brille sah zwar cool aus, sie unterstrich seine langen blonden Haare und die wasserblauen Augen, schützte aber nicht wirklich vor Sonnenlicht.

Inga trug einen pinkfarbenen Bikini mit schwarzen Punkten darauf. Von weitem sah sie aus wie ein Marienkäfer auf Droge. Tim überlegte einen Moment, ob er sich einfach wieder hinlegen sollte, aber dann sah er noch einmal zu Klaus Sträußen hoch. Ein frischer Wind ließ Klaus' Haare flattern, als er den Zehnmeterturm hochkletterte. Tim versuchte, mit seinen Handflächen die Augen vor den Sonnenstrahlen zu schützen. Wenn er sich nicht irrte, zitterte Klaus.

Was sollte das? Tim fragte sich, ob ihn das überhaupt etwas anging. Dies ist ein freies Land, dachte er. Da darf jeder vom Zehnmeterturm springen, wann er Lust darauf hat. Wenn jemand Klaus dort hochgezogen hätte, wäre Tim sofort bereit gewesen, den Helden zu spielen und den jüngeren Schüler zu verteidigen. Doch der tat das da offensichtlich freiwillig. Allerdings sah er nicht aus wie jemand, dem es Spaß macht.

Jetzt war Klaus oben auf der Plattform des Zehnmeterturms angekommen. Vorsichtig tastete er sich nach vorne.

Noch vor ein paar Monaten hätte Tim sich einfach wieder auf seine Decke gelegt, um sich bräunen zu lassen. Doch wenn er etwas aus den Ereignissen im April um Kai Lichte gelernt hatte, dann dies: Manchmal brauchten andere Menschen Hilfe, waren aber nicht in der Lage, darum zu bitten. Tim und seine Freunde Jan, Doro und Lina hatten sich vorgenommen, nicht mehr die Augen zu verschließen oder wegzugucken.

Vielleicht war Klaus Sträußen krank. Hatte er einen Sonnenstich bekommen? Oder hatte er irgendein synthetisches Zeug geschluckt, Ecstasy oder so was? Tim lief kurz entschlossen zum Sprungturm und kletterte hinter dem Klassensprecher der 5c her.

Bloß nicht nach unten gucken, dachte Tim. Bloß nicht nach unten gucken. Er selbst war noch nie vom Zehnmeterbrett gesprungen. Überhaupt hasste er Höhen. Er machte nicht mal gern mit seinen Eltern in den Bergen Urlaub. Sie hatten Geld genug und wollten ihm gerne etwas bieten. Doch Skikurse in St. Moritz interessierten Tim nicht. Wenn die Seilbahn hochfuhr und er unter sich in die Tiefe blickte, wurde ihm jedes Mal mulmig. Es war keine wirkliche Panik, die ihn befiel, aber ein ungutes Gefühl. Er liebte das flache Land. Die Nordsee. Da, wo der höchste Berg keine acht Meter hoch war: der künstlich angelegte Deich.

Mit jeder Stufe, die er höher stieg, krallten sich seine Finger fester um die Haltegriffe. Hoffentlich war keins von den Dingern locker. Am liebsten wäre er wieder runtergeklettert, aber er hatte das Gefühl, dass er Klaus Sträußen jetzt nicht im Stich lassen durfte.

Endlich war er oben bei Klaus. »Hey, was machst du da? Was ist mit dir? Bist du krank?«

Klaus schien ihn nicht zu hören. Ganz in sich selbst versunken stand er oben und klammerte sich an der Seitenabsicherung fest. Sein Kinn zitterte. Seine Lippen bebten.

Tim kletterte jetzt ebenfalls auf die Plattform. Nun, da er Klaus so nah war und selbst den Anflug von Höhenangst spürte, wusste Tim es ganz genau: Klaus Sträußen hatte Angst. Schreckliche Angst sogar. Er stand am Rand und sah nach unten. Sein Körper schwankte.

Tim riskierte von seinem Platz aus ebenfalls einen kurzen Blick nach unten. Von hier oben sah das Wasser nicht blau aus, sondern auf eine giftige Weise grün. Es musste am Spiegelbild der Wiesen liegen, an den Algen auf den Fliesen oder am Chlor. Vielleicht an allem zusammen. Tim schüttelte sich. Er stellte sich vor, ein Stückchen Fleisch nach unten zu werfen, und es würde zersetzt werden wie in einer blubbernden Säure im Chemieunterricht.

Tim traute sich längst nicht so weit vor wie Klaus. Er hielt sich gut fest und sagte so locker und spaßig wie möglich: »Niemand ist verpflichtet, hier runterzuspringen. Eigentlich ist das nur was für angehende Kampfpiloten, Fallschirmspringer und solche Typen. Also, wenn du mich fragst, ich spiele lieber Schach ...«

Aber Klaus drehte sich nicht nach Tim um. Er reagierte überhaupt nicht. Tim versuchte, sich mit der rechten Hand weiter festzuhalten und dabei näher an Klaus heranzukommen. Er streckte seinen linken Arm aus, erreichte Klaus aber nicht. Es fehlte noch gut ein halber Meter. Tim musste die Stange loslassen. Er schluckte, nahm seinen ganzen Mut zusammen und konzentrierte sich auf den Hinterkopf und die Schultern von Klaus, um ja nicht in die Tiefe sehen zu müssen. Dann berührte Tim Klaus Sträußens Schulter.

Der zuckte zusammen, wirbelte herum und brüllte: »Hau ab! Lass mich in Ruhe!«

Tim sprang einen Schritt nach hinten, bis er mit dem Rücken die Absperrungsstange spürte. Er klammerte sich sofort wieder fest und sagte: »Hey, hey, schon gut. Ich wollte dich nicht runterschubsen. Du siehst nicht gerade aus, als ob dir das hier großen Spaß machen würde. Was hältst du davon, wenn wir beide jetzt wieder runtergehen und ich geb uns unten ein Eis aus?«

»Behalt dein Scheiß-Eis! Lass mich in Ruhe! – Willst du vor mir springen?«, fragte Klaus Sträußen und machte eine einladende Geste. Tim wurde sofort klar, dass Klaus ihn nur loswerden wollte. Gleichzeitig wusste er, dass er keineswegs hier herunterspringen würde. Oh nein. Alles, aber nicht das.

Tim schüttelte den Kopf. Jetzt, da er Klaus ganz aus der Nähe sah, konnte er erkennen, dass sein Gesicht schweißnass war. Vielleicht waren das vorhin auch keine Tränen gewesen, sondern bloß Schweiß. Vielleicht hatte er sich irgendeinen Mist eingeschmissen, der ihm das Wasser aus den Poren trieb und ihm weismachte, er könne fliegen.

»Was ist? Willst du nicht springen?«, fuhr Klaus ihn an.

Tim schüttelte den Kopf. »Nein, das will ich nicht.«

»Und warum bitte bist du dann hier hochgeklettert? Was willst du hier?«

»Ich ... ich dachte, du sahst so aus, als ob ...«

Klaus Sträußen ging auf Tim zu. Für einen Moment hatte Tim den Eindruck, als wolle Klaus von ihm in den Arm genommen werden, aber dann drehte er Tim plötzlich den Rücken zu und rannte schreiend auf den Rand des Sprungturms zu. Schlagartig begriff Tim: Klaus hatte nur Anlauf genommen. Mit weit ausgebreiteten Armen und weit gespreizten Beinen stürzte er nach unten.

Der Fall schien endlos. Klaus wedelte mit Armen und Beinen. Es sah aus, als würde er in der Luft nach etwas greifen, um sich daran festhalten zu können. Sein Körper drehte sich einmal um sich selbst. Er versuchte, die Beine an den Körper zu ziehen, es gelang ihm aber nicht mehr. Hart klatschte er mit Brust, Bauch und Gesicht auf die grünlich-blaue Wasseroberfläche. Es spritzte bis weit über den Beckenrand.

Tim wollte jetzt nur eins: so schnell wie möglich vom Sprungturm verschwinden. Nun erst registrierte er, wie viele Blicke auf ihn gerichtet waren. Einige lachten über ihn, andere zeigten nach oben und forderten ihn mit spöttischen Rufen auf, einen Salto zu machen.

Unbeeindruckt von all dem kletterte Tim einfach die Leiter wieder herunter. Vorsichtig tastete er sich Stufe um Stufe nach unten. Das Gelächter nahm er in Kauf. Er kam sich ein bisschen blöd vor. Denen, die jetzt über ihn lachten, rief er zu: »Geht doch selber rauf! Von oben sieht es wesentlich höher aus als von unten, ihr Knalltüten!«

Klaus Sträußen kletterte mit knallrotem Oberkörper aus dem Wasser und rannte zur Decke seiner Schwester. Dort rollte er sich in ein Handtuch ein und griff sich sein Handy. Er weinte und zitterte. Sein Bauch und sein Gesicht brannten wie Feuer.

Inga fragte ihn, was geschehen war. Liebevoll fuhr sie ihrem Bruder durch die Haare. Doch Klaus sprang gleich wieder auf und rannte zur Jungentoilette. Dort übergab er sich.

Der Autor

Klaus-Peter Wolf wurde als kleiner Junge zu Unrecht verdächtigt, bei einer Klassenarbeit geschummelt zu haben. Es gelang ihm, mit kriminalistischem Spürsinn die Wahrheit ans Licht zu bringen. Immer wieder löste er dann geheimnisvolle Fälle, statt seine Schularbeiten zu machen. Kein Wunder, dass aus ihm ein Kriminalschriftsteller wurde.

Er hat zahlreiche Krimis fürs Fernsehen geschrieben, u. a. für die Reihen »Tatort« und »Polizeiruf 110«.

Er sagt: »In manchen Krimis erfahren wir mehr über die Wirklichkeit als in der Tagesschau.«

Seine Bücher wurden in 22 Sprachen übersetzt und mehr als acht Millionen Mal verkauft.

Klaus-Peter Wolf ist verantwortlich für mehr als 150 Stunden Fernsehen. Er erhielt zahlreiche Preise, u. a. den Anne-Frank-Preis, den Erich-Kästner-Preis, den Magnolia Award Schanghai und den Rocky Award for the best made TV-movie, Banff, Kanada.

Er liebt es, durchs Land zu fahren und in Schulen und Bibliotheken aus seinen Büchern vorzulesen. So verliert er nie den Kontakt zu seinem Publikum.

Mehr über ihn gibt es unter www.klauspeterwolf.de.

Spaß – Spannung – Action

ISBN 978-3-7607-4007-2

Kaum zu glauben: Oliver hat eine Formel entdeckt, mit der er sich unsichtbar machen kann! Er ist begeistert, bis er feststellt, dass die Formel verschwunden ist. Wie soll er jetzt wieder sichtbar werden? Verzweifelt wendet er sich an seinen Mitschüler Nicky. Zusammen machen sich die beiden auf die Suche nach der geheimen Formel – und erleben ein haarsträubendes Abenteuer.

ISBN 978-3-7607-4020-0

Na super! Louis ist umgezogen und promt in Streber-City gelandet, wo die Kinder nichts als Schule im Kopf haben. Und das Schlimmste: Niemand lacht über seine Witze. Dabei möchte Louis später einmal Comedy-Star werden. Schließlich meldet sich bei einem Fernseh-Casting an. Das wird sein Durchbruch – oder eine Katastrophe?

Kommissar Kreuz jagt den gerissenen Ganoven Toni, das TOP-Team spürt ein verschwundenes Kunstwerk auf und der listige Kommissar Hell knackt einen Fall nach dem anderen. Ganz schön clever, diese Detektive! Und wie schlau bist du? Kannst du den Kommissaren bei ihren Ermittlungen helfen? Rate mit und werde ein Top-Detektiv!

ISBN 978-3-7607-4030-0

treffpunkt tatort + + treffpunkt tatort + + treffpunkt tatort + + treffpunkt tatort